AF363284

AGRÉMENTÉ

Vécu agrémenté, propice à
la floraison de votre imaginaire

Alain Brunet

Le temps d'une pause-café, évadez-vous

dans une histoire courte et distrayante.

AGRÉMENTÉ vous amène

dans un ailleurs meilleur

où tout est bien qui finit bien.

De votre perspective, ce quotidien agrémenté, vous laissera à votre guise, imaginer la scène de chaque histoire comme si vous pouviez y coller des photos de votre propre album de famille.

Page couverture - information:

Sur la berge du lac Saint-Louis, à l'ouest de Montréal
au Québec, par un beau matin de juin 2018

Titre: AGRÉMENTÉ

© Alain Brunet 2018 – Droit d'auteur
protégé sur le certificat d'enregistrement 1153394
par l'Office de la propriété intellectuelle du Canada

Dépôt légal:
Bibliothèque et Archives nationales du Québec, 2018.

Auteur et éditeur: Alain Brunet
Publié par: Amazon Kindle Direct Publishing
Disponible imprimé ou en ePUB sur Amazon

ISBN :   978-2-9816270-2-5 (imprimé)
ISBN :   978-2-9816270-3-2 (PDF)
ISBN :   978-2-9816270-4-9 (ePUB)

AGRÉMENTÉ

Introduction

Une imagination fertile sommeille en chacun de nous. Par une prédisposition favorable et le choix d'une semence positive, notre univers peut rapidement fleurir.

Par choix, mes récits se lisent en quelques minutes. De cette façon, ils peuvent vous distraire malgré votre horaire chargé. Plusieurs les apprécient pour oublier un cauchemar et retrouver le sommeil en souriant. Peut-être qu'un jour j'écrirai un roman plus long, mais pour le moment, j'adore la liberté et le défi du conte court. Mon idée se doit d'être concise, intrigante et réaliste. La conclusion que j'offre au bas d'une page ou deux, laisse volontairement le lecteur sur son appétit. Comme face à un tableau dépeignant une scène ou un paysage, le lecteur a le loisir d'aller où bon lui semble pour finir d'agrémenter mon récit.

La page couverture de ce livre suggère un décor propice à une telle odyssée. Prenez place dans votre chaise à l'ombre du gros arbre. Les pieds nus dans l'herbe, vous profiterez d'une connexion directe avec son immense réseau racinaire. Ainsi lié avec ce robuste tronc plus que centenaire, vous profiterez de son large panache, tel une antenne, offrant une liaison globale avec un futur agrémenté.

Notez que toute ressemblance avec la réalité n'est que pure coïncidence avec le désir d'un monde meilleur.

Postier

La distance n'a plus d'importance. Georges est déterminé à en faire la preuve. Petit salarié du service des postes, il a toujours rêvé de voyager. Mais il a une peur bleue des avions et le mal de mer. Alors, ses vacances se passent à pied et en voiture. Voyant venir sa retraite avec juste assez de rentes pour vivre confortablement, il organise son budget pour partir à l'aventure. Sa Toyota n'a que deux ans d'usure alors il a confiance de pouvoir rouler longtemps. Avec la neige prévue au Québec dans quelques semaines, il a mis le cap vers le sud.

Sans destination précise, il partait avec un atout inestimable. Membre de la confrérie des postiers des Amériques, il a déjà hébergé plusieurs collègues. En retour, il sait qu'il peut compter sur ce service partout sur sa route. Vers midi le premier jour, il s'est arrêté à Binghamton, NY pour manger. Après son repas, il a appelé quelques contacts et trouvé un postier pouvant l'accueillir ce soir chez lui à Philadelphie, en Pennsylvanie. Fred et Mary Carter, eux aussi retraités des postes, ils ont reçu Georges comme un frère. Marcheurs infatigables, ils ont guidé Georges pour sa visite de leur belle ville durant trois jours. En le quittant, ils lui ont suggéré les villes qu'ils ont aimé découvrir et l'ont invité à revenir chez eux.

Comblé par cette belle rencontre, il a été impressionné de constater que leur confrérie lui a permis de visiter plusieurs sites inconnus des touristes. Libre de son temps il a toujours évité les autoroutes et il a dû souvent rouler lentement derrière une calèche Amish, ne pouvant pas la dépasser sur une petite route sinueuse. Déterminé à éviter l'hiver, il s'est retrouvé au Chili en mars et au Manitoba en juillet. Revenu à Montréal au Québec en août, son monotone passé de travailleur a vite été effacé par ce long voyage. Le temps qu'il en prépare un autre, il reçoit chez lui des postiers du Kansas pour quelques jours et c'est chez eux qu'il sera en juin prochain.

Auclair

Sur la route de Berthier, il y a un cordonnier très occupé. Sa cordonnerie est plus que centenaire. Maurice n'a que trente ans et représente la troisième génération de la famille Auclair dans la même boutique. Surtout reconnue pour leur habileté à fabriquer ou réparer les harnais pour les chevaux et le bétail, Maurice, lui, cherchait un nouveau marché. Bien sûr, il répare aussi les souliers et les sacoches mais les gens marchent moins et les jeunes portent surtout des espadrilles qu'il ne peut pas réparer. Décidé à trouver de nouveaux débouchés, il a libéré un vieux hangar de l'arrière-boutique pour le convertir en laboratoire de recherche.

Durant plusieurs mois, il a testé toutes sortes de cuirs, de teintures et de talons. Un groupe de clients et amis venaient régulièrement critiquer ses nouveaux produits. Il pensait bien avoir trouvé la mine d'or avec ses talons gonflables mais, il a dû tout annuler à cause des crevaisons trop fréquentes. Il allait se décourager lorsque, par hasard, ses voisins l'ont inspiré. La soirée était belle alors ils étaient sortis comme lui pour marcher après le dîner. En apercevant les souliers avec clignotants de leur petite fille, il a eu une idée. Obsédé, il n'a pas pu dormir et toute la nuit, il a essayé plusieurs produits afin d'obtenir le résultat optimal.

Se servant du métier à tisser de son épouse et à l'aide de fibre optique, il a confectionné des bandes de deux centimètres de largeur sur dix centimètres de longueur. Ce ruban de fibre optique émettait autant de lumière qu'une lampe de poche. Il pouvait être tissé en format varié et intégré à toutes sortes de chaussures. Un interrupteur discret permettait de l'allumer au besoin. L'alimentation de cet éclairage était tout aussi ingénieuse car une fausse-semelle intérieure au soulier contenait des capteurs de statique produite par la pression alternative des pieds. Cette énergie électrique faisait briller la fibre optique. Les gens viennent de partout pour ajouter ce dispositif sur leurs souliers. Adidas et Nike lui ont acheté ses droits à fort prix et offrent maintenant des souliers avec cette option, légitimement nommée 'Auclair'.

Maître Corbeau

Petit Lézard a d'abord été aperçu par Jules, tôt le matin du samedi 4 juillet 2015. Les grands-parents maternels de Jules sont arrivés la veille, pour aider ses parents avec les préparatifs d'une fête de famille, chez lui à Laval, au Québec. La fête surprise allait marquer le 45ᵉ anniversaire de mariage des grands-parents paternels de Jules.

Dès leur arrivée, Jules a convoqué ses cousins Félix et Lou-Anne dans sa chambre. Une fois la porte fermée, Jules leur a fait jurer de garder son secret pour éviter d'inquiéter les convives. Ce détail réglé, malgré son air préoccupé, ils ont quand même douté que ce soit possible et pensé que Jules se moquait d'eux. Vu son sérieux, ils ont accepté de le suivre dans le jardin et de faire semblant de jouer au ballon. À tour de rôle, ils sont allés voir Petit Lézard sous le gros érable dans le coin du jardin, près du spa.

Les grands-parents maternels de Jules ont passé l'hiver en Floride d'où ils ont ramené Petit Lézard, sans le savoir. Ce voyageur inopiné s'était caché dans un compartiment de leur caravane la journée du départ pour revenir au Québec. Bien dissimulé dans la boite de verres vides, apportés à la fête pour servir du thé glacé, il s'est invité à leur insu. Rendue sur place, la boîte fut déposée sur le rebord du spa pendant que tout ce beau monde échangeait les salutations d'usage. Petit Lézard en a profité pour sortir de la boite et se cacher sous le spa. Heureux sous cet immense abri pour le reste de l'été, il s'est gavé de perce-oreilles. Plusieurs insectes ravageurs furent éliminés par le nouvel ami de Jules. La mère de Jules n'en revenait pas de voir comme les légumes de son potager étaient plus beaux que les étés précédents.

Félix et Lou-Anne ont insisté pour revenir plus souvent visiter leur cousin Jules et son Petit Lézard. Mais un beau matin d'octobre, Petit Lézard avait disparu. Maître Corbeau, sur le gros érable perché, réveillait le quartier par son ramage matinal. Soudainement, il est tombé sous le charme du regard de Petit Lézard. Proie facile pour ce gros corbeau, mais inhabituelle au Québec, Maître Corbeau l'a plutôt pris en pitié. Sachant que l'hiver serait trop froid pour Petit Lézard, Maître Corbeau lui a dit : « Fais comme Avatar, tiens-toi bien sur mon dos et je te ramène en Floride ».

Pelouse

Pensant que ce serait temporaire je ne m'en ai pas méfié. Chaque été différait par la fréquence des orages ce qui avait sans doute aussi une influence sur mon moral. Sournoisement le malaise a pris de l'ampleur. Pourquoi la tourbe des voisins semblait-elle toujours plus belle que la nôtre?

Puis tout a été chambardé lorsqu'il a été nécessaire de creuser une grande partie de la cour arrière. Le champ d'épuration devait être remplacé. Dans mon village de la campagne, il n'y a pas d'égout sanitaire. Alors chaque maison doit être sur un terrain assez grand pour contenir une fosse septique et un champ d'épuration. Celui de ma maison datait de plus de 50 ans et devenu inopérant. Un grand trou de 15 mètres carrés sur 2 mètres de profondeur a été creusé derrière la maison. Les travaux ont duré une semaine et beaucoup endommagé le terrain mais il fut finalement nivelé par la machinerie. Faire tourber ce grand espace était coûteux. Alors, j'ai choisi de plutôt l'ensemencer dans une nouvelle couche de terreau que j'ai étendu. S'ensuivi une corvée d'arrosage et au bout de dix jours la verdure s'est enfin manifestée.

Trois ans après ce chambardement, on aurait pu s'attendre à une pelouse lisse et uniforme. Il semble que les racines de pissenlit et de fétuque sont nanties d'une mission de vengeance pour réparer le tort qui leur a été fait. Malgré tous les petits soins prodigués et ma noble semence de gazon de qualité, ces mauvaises herbes tassaient tout sur leur passage. Mais voici que mon allié se manifeste enfin. Profitant de ce que les mauvaises herbes fanent au mois de septembre, le trèfle joue du coude, tasse les grosses fanées et verdit mon parterre jusqu'aux premières neiges. C'est ainsi que ma pelouse métissée est devenue intéressante par la métamorphose constante d'une multitude d'herbes de couleur et de forme variable selon le tempérament de l'été.

Bonté

Pourquoi cette escalade de haine dans le monde? Qu'est-ce qui motivent des individus à devenir terroristes? Cercle vicieux engendré depuis plusieurs générations, on peut s'attendre à ce que le phénomène perdure. Sans doute y a-t-il aussi des sociétés qui en profitent par la vente d'armes, de véhicules et divers équipements de guerre.

Pourtant il est reconnu que les peuples vivant paisiblement, consomment plus. En attendant, on pourrait peut-être agir sur les articles autres que les armes dont ont besoin ces guerriers. Puisque tout est possible dans ce récit, imaginons qu'un gaz de bonté puisse être pulvérisé sur ces régions troubles. Invisible et inodore, c'est subtilement et progressivement que tous les gens seraient portés vers la gentillesse plutôt que par l'agressivité. Toutefois l'influence de nouveaux arrivants anxieux de se battre pour se venger causeraient problème. La pulvérisation du gaz de bonté se ferait seulement une fois par semaine, la nuit. Le faire plus souvent causerait une surdose et un effet possiblement contraire. Alors pour compléter cette influence positive, l'eau potable serait truquée. L'hormone du rire ayant été identifiée par des chimistes de la Sorbonne en France, toutes les marques d'eau embouteillées seraient traitées pour ajouter cet élément indétectable. S'ensuivrait un fou rire presque constant des consommateurs et qui affecterait les tireurs par des soubresauts. Ils manqueraient leurs cibles et cesseraient de tirer pour en rire un bon coup.

Alors que tous ces gens seraient si bien disposés, un programme d'échange serait proposé. Chaque arme automatique pourrait être remise aux autorités en échange d'un téléphone intelligent. Sans le savoir, tous ces téléphones seraient sur écoute et les usagers menaçants repérés. Resterait à empêcher les bombes humaines et ce problème serait de beaucoup réduit en imposant le nudisme dans ces régions qui sont la plupart du temps assez chaudes pour se passer de vêtements.

Communications

L'époque actuelle dans laquelle nous vivons est fascinante sous plusieurs facettes mais surtout en communications. C'est un immense privilège d'avoir accès par internet à toutes les régions du monde. On peut maintenant identifier les décideurs où qu'ils soient et leur soumettre nos idées. Et c'est important de le faire car j'ai la ferme conviction que nous n'avons pas le droit de les critiquer si nous ne les avons pas aidés. Des idées et des solutions sont requises constamment au travail. J'ai décidé de ne pas cesser d'en produire maintenant que je suis retraité.

D'abord je m'informe au sujet du problème et lorsque j'identifie une solution, j'en discute avec mon entourage puis, lorsque c'est bien documenté, j'écris au responsable. C'est ainsi que je suis impliqué dans :

- L'oléoduc qui traverse Montréal : je suggère un tracé alternatif
- Mur antibruit qui serait aussi résistant aux explosions pour protéger notre ville d'un désastre ferroviaire comme à Lac Mégantic.
- Voie ferrée dans le nord du Québec pour favoriser les exportations de grain, de métaux et de pétrole tout en évitant de mettre en danger les zones habitées.
- Retrait des souches et des arbres qui poussent et endommagent la clôture de mon club de tennis.
- Monorail de type www.TrensQuébec.ca pour le nouveau Pont Champlain et le train de banlieue-ouest de Montréal.
- Quai pour kayak dans notre ville pour faciliter l'accès au lac par nos parcs riverains.

Comme les entraineurs le répètent souvent aux jeunes, c'est plaisant de gagner mais c'est tout aussi intéressant de participer à l'effort collectif. On se sent plus utile et on rencontre plusieurs personnes passionnées qui deviennent souvent des amis. Au travail on se constitue un réseau de contacts qu'il est souvent laborieux de maintenir car il est surtout dicté par les besoins du travail. La retraite amène la liberté de bâtir un nouveau réseau de contacts. Ces gens partagent nos idées et peuvent se trouver n'importe où sur terre grâce aux communications.

Bon chien

J'ai toujours aimé les chiens mais pas assez pour partager ma maison avec eux. Pour une personne qui vit seule, avoir un chien est presque essentiel comme animal de compagnie et afin de se sentir en sécurité. Devoir aller marcher avec mon chien le matin et le soir serait pour moi une corvée mais j'admets que ceux qui le font ont un avantage que je leur envie. En marchant avec le chien, ils rencontrent les voisins qui en font autant et ils finissent par bien les connaître. Ainsi ils ont une relation plus soutenue que moi avec le voisinage.

Afin de me motiver à marcher dans le quartier plus souvent, j'imagine un chien que je dois aller faire marcher. Libre de choisir d'une fois à l'autre, sa race peut varier selon mon moral. Pour rendre l'exercice plus intéressant, je lui invente un nom et me permet même de lui parler car, il est toujours réceptif, à l'écoute et ne rouspète jamais. Tellement de marcheurs parlent sur un téléphone mobile dissimulé alors ils semblent eux aussi parler seuls, comme moi. N'ayez crainte, je ne pousse pas la chose jusqu'à le présenter aux voisins. Il faut que j'évite d'y penser car les chiens sont si perceptifs au niveau sensoriel que plusieurs se laissent prendre à mon jeu et semblent converser avec mon chien imaginaire lorsque je les croise.

Chacune de ces promenades est unique. Non seulement par le parcours que je varie mais par le ciel, le vent et la température. On est toujours aux premières loges des nouveaux travaux entrepris sur les propriétés du quartier et il est intéressant d'en constater l'évolution. Aussi on peut agir en apercevant une situation difficile avant que ça devienne un problème. Un exemple est cette maison qui est en mauvais état et dont le terrain n'est pas entretenu. Il y a même en façade une vieille voiture abandonnée que les herbes hautes ont envahie et en cachent une partie. Avec mon groupe de marcheurs nous avons su que le propriétaire est malade et sans famille pour l'aider. Il veut déménager dans une résidence avec soins assistés alors nous avons fait une corvée de bénévoles pour nettoyer la propriété. Sa maison s'est vendue en un mois et il vit maintenant heureux et en sécurité. Tout ça peut être attribué à l'agréable compagnie de mon Bon Chien.

Ombre

Alors que les journées raccourcissent et que notre moral est affecté par la réduction de lumière du jour, les arbres se colorent, comme pour compenser une morosité invasive. Nous sommes entourés d'immenses érables dont la robe passe du vert au jaune puis, au rouge flamboyant. Les premiers à changer devant moi ce matin sont les vinaigriers. Avec leur allure de palmiers, ils sont vraiment superbes alors que le soleil levant leur ajoute du lustre et met en évidence leurs fruits rouges et quelques feuilles devenues orange, contrastant parmi tout ce vert.

Pendant que plusieurs fleurs sont comme épuisées d'avoir été si belles tout l'été et commencent à se faner, les haies de houx sont d'un beau vert foncé et luisant. Eux qui sont d'un naturel discret, nous charment maintenant par leurs branches chargées de baies rouges vif. Remarquant que je suis attentif à son territoire, un écureuil vient parader devant moi, fier de me montrer ses deux bajoues pleines de noix. Il cherche un endroit où les cacher, en réserve pour l'hiver. Après plusieurs va-et-vient, il choisit de les enterrer au beau milieu de la pelouse devant moi, comme pour me demander de lui rappeler cet emplacement s'il l'oubliait.

Apparaissent maintenant des ombres géantes. De petits arbustes d'un mètre de hauteur, étendent leurs ombres sur dix mètre de pelouse et à la verticale sur la haie de rosiers. Ces ombres se déplacent presque à vue d'œil à mesure que le soleil semble sortir de terre pour entreprendre sa journée. L'ombre des petits arbustes se raccourcit, puis finit par être dissimulée derrière l'ombre de l'érable géant, comme pour confirmer la loi du plus fort. La plupart de mes matins, ce même spectacle se reproduit sans même que j'y porte attention. Il ne faudrait pas tomber dans l'extrême de la sédentarité contemplative mais, il est bon de prendre le temps d'apprécier ce qui nous entoure et, encore plus, les personnes qui partagent notre quotidien, surtout sachant que tout est si éphémère.

Vélo-Route

Pour nos vacances, nous sommes allés dans plusieurs endroits plus agréables les uns que les autres. Se rendre à destination sur nos vélos s'est révélé une expérience inoubliable. Durant le mois de mai nous avions fait plusieurs courtes randonnées de quelques heures, question de se renforcer les cuisses et les fesses en prévision d'une escapade plus longue. On a installé une petite sacoche sur nos vélos, juste assez grande pour contenir des vêtements de rechange pour le soir et un coupe-vent. Nos vélos de route sont fabriqués d'alliage de qualité pour qu'ils soient légers. Ce serait dommage de les alourdir avec des objets inutiles qui rendraient la montée des côtes plus difficiles.

Par un beau matin de la fin de juin, nous sommes partis lentement de Beloeil au Québec. C'était notre premier voyage et j'ai pu convaincre mon épouse de l'essayer avec la condition d'y aller progressivement et de revenir en taxi si c'était trop difficile. Longeant la rivière Richelieu en direction de Tracy, les paysages agréables nous incitaient à pousser toujours plus loin pour en découvrir d'autres. Vers midi nous nous sommes arrêtés pour manger dans un charmant bistro au bord de l'eau. Afin d'éviter de devoir chercher plus tard, nous avons choisi une auberge dans un guide touristique et réservé par téléphone, pour la nuit à Pierreville. Le petit bac à câble nous a permis de traverser le Richelieu à St-Marc.

Vélo-Québec publie des vélo-routes. En tenant compte du nombre de véhicules circulant sur les routes secondaires, ce guide désigne les moins achalandées en Vélo-Routes, réputées les plus sécuritaires. Sur place à l'auberge on nous offrait un rangement pour les vélos ou nous les rangions dans notre chambre pour la nuit. Une fois douchés nous lessivions nos vêtements de vélo et nous allions diner au restaurant. Après un bon petit-déjeuner le lendemain, nous revêtions nos vêtements de vélo qui finissaient de sécher en roulant. Durant huit jours nous avons récolté une multitude de souvenirs de paysages, d'oiseaux, de troupeaux et apprécié le mirage d'un clocher qui grossissait à mesure qu'on approchait d'un autre village pour enfin arriver à notre destination, le camp de vacances de Pohénégamook.

Nonsuch

Daniel et Andrée sont amateurs de voile et ils ont vendu leur troisième voilier récemment. C'est celui qu'ils ont gardé le plus longtemps. Depuis dix ans, ils s'en sont servi chaque fin de semaine et aussi, pour un voyage d'un mois en juin cette année, sur le fleuve Saint-Laurent. Alors qu'ils faisaient escale à Québec, ils l'ont vendu. Chaque nouveau voilier était un peu plus gros que le précédent, mais ils sont obsédés par le voilier de type Nonsuch de 10 mètres. Facile à reconnaitre par sa bôme en cerceau comme une planche à voile, ils font toujours un détour pour en voir un de plus près, surtout si c'est un 10 mètres.

Nonsuch a cessé de fabriquer ces voiliers en 1995. Ce fabricant canadien y mettait tellement d'amour et de qualité que la majorité est maintenue fièrement en bon état. Celui qu'ils ont acheté il y a trois semaines est en excellente condition. Son port d'attache est la jolie marina de Beaurepaire que Daniel et Andrée peuvent atteindre en vingt minutes en voiture. Après quelques sorties pour tout tester, ils ont largué les voiles vers la Baie-des-Chaleurs. Au cœur de cette superbe mer intérieure se trouve la marina de Chandler. Chaque année à la mi-août ils organisent une régate de Nonsuch. L'an dernier ils s'y sont rendus et ils ont pu admirer vingt-huit superbes exemplaires rassemblés comme dans un rêve.

Naviguer sur le fleuve Saint-Laurent est un défi constant, car il faut surveiller simultanément les marées, le fort courant, les hauts-fonds et surtout l'intense navigation d'immenses navires. Daniel et Andrée sont très expérimentés, mais restent vigilants. Après quelques escales ils se sont joints à la régate qui compte trente-quatre Nonsuch cette année. Parmi eux, dix-huit sont des 10 mètres comme le leur. Quelle joie que de partager cette passion avec ces gens qui comme eux n'arrivent pas à expliquer cette dépendance. Incapables de résister à son appel plus longtemps, ils ont joint ce groupe qui confirme le nom de ce voilier 'Sans Pareil' ou 'Nonsuch'.

Vue

La grande région de Montréal, pourtant entourée de lacs et de rivières, offre peu de restaurants au bord de l'eau. L'Auberge Willow à Hudson est un de ces rares endroits. Avec une grande terrasse sur la rive du Lac-des-Deux-Montagnes, son panorama bucolique est animé par le passage du traversier vers Oka et de quelques voiliers. Lise et Robert y sont venus pour célébrer leur trentième anniversaire de mariage. De leur table la vue est belle, alors ils prennent tout leur temps pour bien savourer ces beaux moments.

Robert avait fait une réservation quelques jours d'avance et pour s'assurer d'avoir la table offrant la plus belle vue. Ils sont arrivés à 11h30 alors que la salle à manger était presque vide. Trente minutes plus tard, elle était remplie et plus bruyante. Tournant le dos à tout ce brouhaha ils discutaient en ignorant la foule. Par contre, ils n'ont pas pu ignorer le discours qui a suivi. Un groupe de quarante personnes étaient attablées près d'eux. Le candidat d'un parti politique local s'adressait à des gens d'affaires qui avaient payé 200$ chacun pour ce repas de financement. Déçus de subir cet événement, ils ont tout de même apprécié la vue et le fait d'être informés des projets discutés à la réunion.

Ils n'ont pas tellement porté attention au discours jusqu'à ce que des applaudissements et bravos surgissent. En écoutant les questions et commentaires qui ont suivi, le reste de leur vie a changé le cours de leur retraite. Ce candidat a été élu avec une forte majorité, car son projet de résidence pour gens âgés a fait fureur. En récupérant l'édifice fédéral des postes situé sur un grand terrain au bord du lac, ces gens d'affaires en ont fait un superbe édifice de cinquante logements. Lise et Robert ont acheté leur appartement alors que ce n'était qu'un dessin. Il a leur a fallu attendre deux ans pour que sa construction soit enfin complétée. Ils y vivent maintenant très heureux, car ils peuvent manger tous leurs repas avec une aussi belle vue qu'à l'Auberge Willow.

Inquiet

Jules avait l'air inquiet depuis quelques jours, mais ni lui ni personne ne savait pourquoi. Pourtant il n'était pas souffrant et mangeait bien. Mélanie et Jean, ses parents, avaient joué un peu plus avec Jules pour le distraire. Ensemble ils avaient travaillé dans le potager et cuisiné des repas pour la semaine. Ils ont eu beau discuter avec lui sans pouvoir identifier pourquoi il était si préoccupé. Au cas où ce serait causé par l'air, ils ont fait un gros ménage de la maison et remplacé le filtre de l'échangeur d'air.

Heureux de l'entendre rigoler en regardant les films que ses parents lui ont offerts, ils ont remarqué que c'était surtout au moment de se coucher que son inquiétude culminait. Afin de vérifier si son sommeil était perturbé, il a changé de lit avec son père pour une nuit. Leur surprise fut grande le matin en découvrant que c'était Jean qui avait maintenant l'air inquiet alors que Jules était souriant. Donc, quelque chose dans la chambre de Jules affectait leur état. Pour trouver la cause, Jean a tout vidé la chambre de Jules, ne gardant que le lit pour y dormir à nouveau. Au petit-déjeuner du lendemain, tous étaient souriants alors Jules a pu reprendre son lit. Le surlendemain, Jules confirmait qu'il était libéré de toute inquiétude, avant, pendant et après son sommeil.

Restait à trouver la cause. Un à un ils ont exposé Jules à chacun de ses jouets et bibelots. Ils avaient presque terminé lorsque l'air de Jules a changé en prenant son coffre au trésor dans ses mains. Dès que le coffre était sorti de sa chambre, il allait mieux. Ils sont tous allés dans le garage de la maison pour inspecter ce coffre sur l'établi. Tous les objets qu'il contenait étaient sans effet, mais c'est le couvercle du coffre qui le perturbait. Ce couvercle au large rebord était assez profond pour cacher une énorme araignée qui faisait 15 cm de diamètre. Son corps velu vibrait et dégageait des ondes perturbantes pour endormir ses proies. Elle avait dû se glisser dans son coffre cet été quand Jules avait caché son trésor dans le jardin. Avec la fête de l'Halloween qui s'en vient, ils ont installé l'araignée sur la façade de leur maison. Elle a tissé une immense toile qui rivalise par sa réalité avec toutes les imitations d'araignées qui décorent les maisons voisines.

Aurore

Après s'être plaint qu'il faisait trop chaud et trop humide cet été, voici que la morsure du froid commence à se manifester. Malgré ce malaise, Richard savait qu'il devait continuer de marcher. C'est ce qu'il faisait depuis une dizaine d'heures, car il devait survivre à la température qui a baissé à -15 degrés C durant la nuit. Arpenteur de son métier, Richard était allé vérifier le cadastre d'une mine à six heures de route au nord de Chibougamau. Parti tôt ce matin, il était resté avec son client de midi à quinze heures, puis il a entrepris le trajet inverse. Il roulait sur un chemin forestier rudimentaire quand il n'a pas pu éviter un immense bloc de roc qui avait dû se détacher d'une falaise voisine durant la journée.

Dissimulé dans une courbe, le roc a brisé des pièces essentielles sous son camion et le moteur s'est arrêté. Incapable de faire fonctionner le chauffage il a abandonné son camion, vite devenu glacial. Son téléphone mobile était inutile puisque hors de portée. Heureusement, Richard a toujours aimé la marche en forêt. Justement bien chaussé de ses bottes de marche préférées, il gardait le moral malgré les deux cents kilomètres qu'il devait parcourir pour atteindre la zone habitée la plus proche. Sans nourriture et sans eau, il a fait l'inventaire de son camion et décidé d'emporter seulement un petit canif et un long tournevis. Tout le reste serait inutile ou trop lourd à transporter. Il a laissé une note sur le pare-brise du camion pour indiquer son nom et sa destination.

Il était maintenant vingt-deux heures et il n'avait pas encore vu de voiture. C'est normal, car peu de gens se risquent sur ce chemin la nuit. Soudainement il a pensé que la fatigue lui donnait des mirages. Puis il a compris que c'est une aurore boréale qui venait l'accompagner. Porté par la fasciation de ce spectacle, il a franchi une bonne distance, car cette lueur éclairait son chemin. Vers trois heures du matin, il a été presque déçu d'entendre la sonnerie de son téléphone. Son épouse l'appelait toutes les trente minutes et avait avisé les secours. Justement des phares venaient vers lui et depuis, il répète à qui veut l'entendre que l'aurore l'avait sauvé.

Vas-y!

Les nouvelles voitures peuvent être reliées au réseau internet par satellite. Le concessionnaire automobile doit faire une mise à jour du logiciel à chaque visite d'entretien. Des messages s'affichent au tableau de bord de la voiture. La radio en fait autant en nous donnant le nom de l'invité en entrevue ou le titre de la chanson en onde. Depuis quelques semaines, des messages étranges s'affichent. J'ai évité d'en parler, car ce n'est pas arrivé souvent et jamais lorsque j'étais accompagné.

'Vas-y!' fut le premier message qui m'a intrigué. Je venais de me stationner face au commerce d'un client potentiel. Mes chances de réussir une vente à ce client étaient minces. J'hésitais à y entrer pour aller plutôt voir mes autres clients de cette région. Ce message m'a motivé et ma surprise fut grande lorsque ce prospect a accepté de me voir sans rendez-vous et m'a invité à le suivre dans son bureau. Il était lui-même surpris que je sois arrivé au même moment où il avait décidé de chercher un fournisseur pour des produits comme les miens. J'avais presque oublié ce 'Vas-y!' lorsque quelques semaines plus tard, un 'Non' s'est affiché. Nous hésitions entre demeurer où nous vivions depuis dix ans ou aller vivre près de nos amis à cent kilomètres d'ici. Alors que je me posais la question, ce 'Non' a influencé ma décision.

Plusieurs autres messages utiles sont venus me conseiller judicieusement. Remontant dans le temps j'ai pu noter la date approximative du début de ces manifestations sans pouvoir trouver ce qui les cause. Un indice m'est venu ce samedi. Je suis allé au cimetière pour entretenir le terrain de ma famille, très nombreuse sous terre. En quittant les lieux, ma voiture affichait 'Bonjour et Merci'. C'est sans doute impossible, mais je me conforte à croire que mes parents, marraine Sara, mes trois frères et ma sœur, ont trouvé ainsi une façon de m'aider. Voilà une belle méthode pour nos parents disparus de rester connectés à nous. Il faut simplement approcher votre voiture à cent mètres du lieu de sépulture de vos parents pour que cette application s'active pour vous aussi.

Trop-plein

Plusieurs régions du monde manquent d'eau. Même la riche Californie subit des périodes de sécheresse qui dégénèrent en incendies détruisant des milliers de résidences. Pendant ce temps, ailleurs, d'immenses territoires sont inondés, souvent à répétition. C'est le cas de Saint-Jean-sur-Richelieu, au Québec. Le majestueux lac Champlain baigne une partie de la frontière entre le Québec et les États-Unis. Entouré de montagnes souvent très enneigées durant cinq mois, ce lac a tendance à inonder ses berges au printemps. Le Richelieu est une des rivières où coule son trop-plein. Mais, si en même temps des glaces forment un embâcle qui empêche l'eau de passer, Saint-Jean-sur-Richelieu est inondée.

Tous les quartiers riverains de cette ville sont restés sous l'eau durant trois longues semaines en 2014. Cette situation n'est pas aussi grave chaque année, mais menace quand même la ville. Roger Lalancette, un homme d'affaires de la région a résolu le problème pour de bon. Avec d'autres investisseurs, il a fondé une entreprise qui gère et vend ce trop-plein d'eau. La construction de leur pipeline souterrain a duré un an. Cette conduite de deux mètres de diamètre suit la pente naturelle de la rivière Richelieu, mais sous son lit, donc elle ne gèle pas. Elle transfère le trop-plein du lac Champlain au fleuve Saint-Laurent sur une distance de cent kilomètres.

Cette eau est appréciée durant tout l'été. Le long de ce parcours, la conduite est reliée à l'aqueduc des villes riveraines du Richelieu. Les terres de plusieurs cultivateurs y sont aussi raccordées et peuvent maintenant, à peu de frais, être irriguées à volonté. Dans la ville de Sorel, à l'autre extrémité de la rivière Richelieu, l'entreprise a installé d'immenses réservoirs souterrains, à l'abri du gel. Ils y accumulent l'eau excédentaire. Des navires-citernes viennent chercher cette eau précieuse et vont la livrer partout dans le monde où la sécheresse sévit. Tout ce cirque n'est malheureusement pas réel, mais offre une belle façon de gérer ce récurrent trop-plein.

Nature morte

Une volée de bernaches passe sur un fond de nuages qui fuient en direction opposée. Au moins une feuille tombe à chaque seconde suivant une trajectoire imposée par le vent. La cime des arbres à une hauteur de vingt mètres, est bousculée en tous sens par des bourrasques. Pendant ce temps, des arbustes sont au calme plat à l'abri du patio et près du sol. Les écureuils semblent imperturbables. Ils continuent de déambuler avec une noix comme pour l'exhiber fièrement. Tour à tour ils viennent nous dévisager en agitant la queue pour attirer notre attention.

La pluie abondante de la nuit dernière a tout détrempé. Une petite averse vient redonner du luisant aux feuilles qui persistent dans leur attachement aux arbres. Les petits oiseaux sont absents ce matin d'automne. Sans doute à l'abri dans les cèdres et les sapins en voyant venir des nuages gris-foncé et menaçants. Le frêne de quinze mètres de hauteur dans le coin de la cour a une drôle d'allure. On voit surtout son tronc et ses branches noircies et luisantes de pluie. L'extrémité de la plupart de ses branches est maintenant dégarnie de feuilles, mais reste munie de pompons bruns. Ces touffes de samares brunes restent accrochées et sont comme agitées par des meneuses de claque.

On a tondu la pelouse hier. Ce faisant le gazon s'est débarrassé des feuilles mortes et a revêtu son tapis vert. Sur ce fond, comme sur la toile vierge d'un artiste peintre, se crée une nouvelle œuvre d'art. Les feuilles mortes viennent s'y déposer après nous avoir charmés par leur vol plané. Ce nouveau relief improvisé est agrémenté de taches de couleur jaune, brune, rouge, bourgogne, orangé et une multitude de demi-tons, souvent sur une même feuille, toutes dans une position différente. Je doute que quelqu'un puisse imiter une si belle harmonie. Dommage que nous devions les ramasser. Mais en faire d'immenses tas dans lesquels on peut se laisser tomber amène d'autres plaisirs en famille. Bientôt on souhaitera voir la neige venir créer un autre décor féérique sur cette nature, beaucoup moins morte qu'à première vue.

ChauMollet

Chaque matin, Jacques aime manger des céréales au petit-déjeuner. Rehaussées de petits fruits comme des bleuets et des fraises, il mélange deux céréales dont une est toujours du Muesli. La boîtc de Muesli est enjolivée par une présentation très appétissante. Sur l'arrière de la boîte, un nouveau produit ou un concours est souvent annoncé. Jacques porte rarement attention à cette publicité. Ce matin il s'y attarde par hasard, car il cherchait la quantité de sodium dans cette céréale. Pour la venue prochaine des temps froids d'hiver, un nouveau produit est offert.

Quelques photos montraient le mollet d'un homme et d'une femme trop exposé au froid. Comme Jacques, cet homme porte ce qui semble un bas chaud, mais qui ne couvre pas le mollet, car ce serait trop chaud au bureau. Alors ses mollets nus et loin du tissu du pantalon, sont exposés à des températures froides, souvent sous le point de congélation et devraient être mieux protégés. Cet inconfort survient surtout en sortant de la maison pour déneiger la voiture et même à l'intérieur de la voiture tant que le moteur n'est pas assez réchauffé pour que le chauffage soit efficace. À moins qu'une femme porte des bottes qui couvrent ses mollets, elle subit la même morsure du froid.

Le produit offert comme solution est fort simple et Jacques en a acheté. C'est un genre de guêtre que Jacques place autour de ses mollets, par-dessus ses pantalons et fixe en place par du velcro. Fabriqué d'une toile légère, mais robuste et coupe-vent, il reste à choisir la couleur et la taille. Il offre aussi l'avantage de garder propre le bas du pantalon lorsqu'il faut marcher dans une neige épaisse. Une fois rentré au chaud, il se retire facilement et se plie assez pour être rangé dans une bourse ou une poche de manteau. ChauMollet est le nom de ce produit génial, mais imaginaire, qui rendrait plus tolérables, les hivers de Jacques et les miens aussi.

Marc Saint-Hubert

Carole sentait le besoin de changer de décor et d'entourage alors elle a pris la route. Sur l'autoroute en direction de Beauceville, elle s'arrêtait toutes les deux heures pour se délier les jambes. Une halte routière apparaissait sporadiquement pour coïncider avec ce besoin. Mais cette fois, la prochaine annoncée est à une heure de route de plus alors, elle a emprunté la sortie suivante offrant des services, car elle allait manquer d'essence. Une petite affiche annonçait : 'Bienvenue à Rozon population 246 et en croissance'. La sortie menait à une route qui traverse une jolie vallée de terres agricoles entourées de collines ondoyantes. Le poste d'essence était situé à deux kilomètres de l'autoroute. Faisant partie de quelques édifices regroupés, tout autour ce n'était que des champs cultivés à perte de vue.

Plus elle approchait, plus ce qu'elle voyait semblait étrange. Pourtant elle a bien vu que les pompes à essence sont situées sous le porche devant l'église. Trois des quatre pompes étaient occupées alors elle a enfilé sa voiture près de la quatrième. Au même moment, Carole a remarqué une jeune femme qui marchait vers elle en souriant. Pendant qu'elle ouvrait sa portière pour aller faire le plein de sa voiture, Linda s'est présentée et offert de faire le plein, de vérifier les niveaux d'huile et de lave-glaces pendant que Carole pouvait marcher pour se dégourdir ou aller aux toilettes. Remarquant les autres clients avec des enfants et des visages sympathiques tout autour, elle est entrée dans l'église.

Le vestibule était assez vaste avec un kiosque d'information occupé de visiteurs. Carole s'est contentée de lire l'historique avec photos d'archives de Rozon sur des appliques murales. Ce village est mort et ses derniers résidents l'ont quitté il y a vingt ans. Marc St-Hubert qui possède une populaire chaine de restaurants dans toutes les villes du Québec a acheté tout ce lot pour s'y retirer. Maintenant revitalisées, ces terres fournissent une bonne partie de son menu végétarien et chaque jour, plusieurs personnes s'y arrêtent pour de l'essence, mais décident d'y rester. Souvent ils se sont joints à la chorale ou pour jouer un des nombreux instruments de musique dans l'église. Puisque Carole est une graphiste qui vient de perdre son emploi, elle accepte d'emblée l'offre d'emploi pour aider à la composition du design des emballages et affiches pour Marc Saint-Hubert. Linda et Carole sont devenues de grandes amies et c'est ici qu'elles se sont rencontrées. Carole est demeurée à Rozon et pense y rester longtemps. Sa nouvelle vie est très agréable et de toute façon, elle ne savait pas où aller ailleurs, pas plus que moi.

Plancher feuillu

Depuis quelques jours, les feuilles des arbres ont encore plus changé de couleur. D'un jaune clair ou rouge flamboyant, les demi-tons subtils créent un magnifique panorama. En toile de fond, le vert foncé des cèdres et le ciel gris donnent aux coloris, encore plus d'importance. Cette splendeur se transforme en corvée, alors que sur une période de trois semaines, ces superbes feuilles seront tombées et qu'il faudra les ratisser. Comme tous nos voisins, nous ramassons dans des sacs une énorme quantité de ces feuilles. Les employés de la municipalité assurent la cueillette de nos sacs de feuilles, et ce, à quatre reprises durant l'automne.

Daniel, un de mes voisins, a eu la bonne idée de mettre en valeur ces feuilles. Il travaille comme inspecteur industriel du bois. À ce titre il a vu des usines accumuler des copeaux résiduels de bois, puis les compacter pour en faire des feuilles de contreplaqué. Un de ses clients a accepté son idée et relevé tout un défi. Ses panneaux de planchers flottants font fureur au Salon de l'habitation de Montréal. Afin de contenir assez de feuilles rouges, il faut des feuilles d'érable. C'est surtout au Québec et dans l'est du Vermont que l'on trouve ce genre d'érables.

Ce type de couvre-plancher est le préféré pour une salle familiale. Installé par exemple dans une salle de jeu, il donne plus de vie à la pièce que les autres types de surfaces. Le trompe-l'œil est si efficace qu'on a l'impression de pouvoir y caler les pieds et d'avoir des feuilles jusqu'aux genoux, comme on le fait dehors. Ces superbes couleurs s'agencent facilement avec tous les décors et réduisent la nécessité d'en rajouter. Voilà une agréable façon de faire durer le plaisir d'admirer cette féérie de couleurs toute l'année plutôt que durant quelques semaines seulement.

Épicerie

En prenant le temps de s'y attarder, c'est fascinant de constater ce que le hasard peut faire. La rencontre fortuite de quelqu'un dans un endroit public amène un large éventail de possibilités. La plupart du temps cette rencontre ne dure que quelques instants et laisse peu de chance aux civilités. Par exemple lorsqu'on croise une personne sur un trottoir, le fait d'aller dans des directions opposées, laisse à peine le temps d'échanger un sourire ou un bonjour.

Les endroits les plus propices seraient l'autocar, l'avion, le train ou l'épicerie. D'ailleurs nous empruntons toujours un transport public avec une certaine hantise. Passer quelques heures à subir quelqu'un de désagréable est encore plus stressant quand cette place nous est imposée comme dans un avion. Heureusement c'est la plupart du temps une belle occasion d'échanger avec un étranger et découvrir une autre façon de vivre. Le train ou l'autocar laissent la plupart du temps une chance de s'éclipser. On peut changer de place lorsqu'elles ne sont pas désignées ou on peut marcher un peu plus.

L'Épicerie est selon mon ami Jean, l'endroit public le plus favorable. Là aussi, le hasard décide qui sera avec nous dans les rangées. C'est ici que Jean a choisi de tenter sa chance. Il attend dans sa voiture l'arrivée d'une femme à son goût pour entrer faire ses courses. Parcourant les allées à côté d'elle, il a vite fait de remarquer si elle porte ou non une alliance. Si elle n'est pas mariée, il voit ses chances augmenter et continue ses achats en remarquant s'il aime son choix d'aliments. Prétextant une dégustation de fromages qu'il organise, il va lui demander son avis pour choisir un camembert et entendre sa voix. Si elle répond aimablement, il va la saluer à nouveau en la croisant au bout d'une rangée. Vers la fin de ses courses, il va lui demander si elle veut le revoir. Sinon il va essayer la semaine suivante, ou dans une autre épicerie de son quartier. À date il trouve cette façon plus efficace que les sites internet de rencontre. Il espère bientôt rencontrer l'âme sœur qui habite près de chez lui et constater en même temps si leurs goûts culinaires sont compatibles.

Brin de René

Fasciné par la force de la nature permettant aux plantes et aux arbres de pousser à la verticale, René a décidé d'analyser ce prodige. Même le menu brin d'herbe trouve la force de se maintenir debout plutôt que de ramper à plat ventre comme bien d'autres végétaux. René a toujours été très doué pour les mathématiques. Après avoir lu ce que Newton et plusieurs autres scientifiques ont écrit sur le sujet, il a débuté la rédaction de ses propres calculs. Au bout de formules mathématiques qui s'étendaient sur plusieurs pages, il a identifié un facteur déterminant.

L'explication du phénomène pouvait se démontrer par la formule qu'il a trouvée, mais cette multitude de chiffres rendait sa vulgarisation impossible. Son but étant de présenter sa découverte au public, il fallait la rendre compréhensible par tous. Son fils Jonathan lui a fait penser à une approche différente. Il se servait souvent d'un microscope pour tailler et faire le montage de pierres précieuses sur des bijoux. Commencé comme un passe-temps à l'école, il avait maintenant une bonne clientèle et, de bouche à oreille, il fournissait tous les bijoux que famille et amis s'offraient en cadeaux ou pour les mariages. C'est donc avec le microscope de Jonathan que René a débuté la transposition de sa formule, en paramètres physiologiques plus facile à comprendre.

De plus, ils ont réussi à prendre des photos numériques d'une partie de la tige de plusieurs plantes. Les tiges comparées sont : l'herbe, le rosier, le lilas et l'érable. Les cellules se rajoutant vers le haut ressemblaient à une goutte d'eau s'allongeant avant de tomber d'un robinet. Mais ici c'est la photosynthèse qui tire vers le haut. Les cellules au bas de la tige avaient vieilli, mais s'étaient durcies pour se tenir debout. L'émission de télévision Découverte a fait un reportage sur le sujet et la BBC l'a diffusé partout dans le monde. Ce n'est qu'une histoire que j'invente, mais ça fait plaisir de se souvenir d'un Brin de René.

Bobi

La journée du 27 juin s'annonçant belle, Paul et Bobi, son superbe épagneul, sont partis en canot sur la rivière Rouge. Bobi se tenait à l'affut comme une vigie de proue, à l'avant du canot. Paul ramait lentement pour maintenir leur embarcation, au milieu de la rivière et loin des écueils. Cette expédition a exigé plusieurs semaines de préparatifs. Bobi sentait bien l'anxiété grandissante chez Paul, à mesure que la date du départ approchait.

C'est au pied de la chute aux Iroquois, près du village de Labelle au Québec qu'ils ont entrepris leur périple. Allant d'un rivage à l'autre lorsque la rivière était plus large, Paul scrutait les berges. Plusieurs arbres riverains pouvaient dissimuler ce qu'ils cherchaient. Les nombreux méandres de la rivière et le courant parfois rapide augmentaient le niveau de difficulté de cette exploration.

Paul avait remarqué sa disparition en revenant du camping en septembre dernier. Son copain Alexandre, demeurant à Toronto, était venu camper avec Paul pour le congé de la Fête du Travail. Malgré des recherches approfondies dans son appartement et le rangement au garage, Paul a dû se résoudre à sa perte. Il en a discuté avec Alexandre et ils ont déduit que ce devait être en septembre dernier, lorsqu'ils ont chaviré en canot, qu'ils ont dû la perdre.

Vus à distance, plusieurs débris inspectés se sont révélés décevants. Bobi fut le premier à reconnaître l'objet de leur recherche. Emballé par sa découverte, Bobi a tenté de sauter du canot au milieu de la rivière, mais Paul l'a retenu juste à temps. Plutôt que d'aboyer comme un chien normal, l'épagneul a signifié l'urgence d'accoster en beuglant comme son amie Roxie, la Beagle de Pascal, le lui avait appris. Paul ne pouvait distinguer ce qui avait tant attiré l'attention de Bobi, mais il s'est fié au flair de son bon chien pour aller voir de plus près. Il a fouillé parmi un amoncellement de branches et l'a soudainement aperçue, sa superbe tuque du Club de Hockey Les Canadiens de Montréal, encore d'un rouge éclatant.

Feu vert

Marie et François se devaient de prendre une grande décision. Tous deux amoureux de Montréal et de la vitalité du centre-ville, ils devaient quitter pour vivre ailleurs. François avait inventé un nouveau système de contrôle du trafic aux intersections. Les feux de circulation changeaient selon leur détection de piétons, cyclistes ou voitures en attente. Si personne ne venait en sens contraire, les feux restaient au vert. La ville de Laval a été la première à le tester et l'adopter. Toutes les grandes villes du Canada le considèrent.

Le prochain gros marché est bien sûr celui des États-Unis. Ses premières démarches ont indiqué que la concurrence est forte. Il était aussi évident que les autorités pourraient prendre de trois à quatre années avant de l'accepter. Se basant sur son expérience avec Laval, il a déterminé que s'il habite lui-même la ville qui va le tester, il augmente beaucoup ses chances d'obtenir le soutien du personnel sur place. Marie a vérifié toutes les villes américaines et choisi Philadelphie. Moins gigantesque que New York ou Los Angeles, elle semblait plus ouverte au changement et pas trop loin de la famille et des amis.

Par une belle journée ensoleillée, ils ont fait un tour de ville en autocar. Le circuit de 90 minutes serpente tous les quartiers du centre et c'est le Fairmount qu'ils ont préféré tous les deux. Ils ont marché ensuite dans plusieurs autres secteurs, mais c'est le petit parc pour enfants du quartier Fairmount qui les a conquis. À seulement une rue du parc, ils ont acheté une maison en rangée avec un jardin sur le toit et une vue sur la rivière. Marie, enceinte, s'empresse de décorer la maison. François se rend à vélo à la mairie rencontrer les responsables d'éclairage et signalisation. Il se peut qu'ils doivent persévérer quelques années avant de percer le marché américain, mais ils aiment bien que ce soit à Philadelphie qu'ils attendent le Feu vert.

Paris, VA

Comme un couloir sans fin ne menant nulle part, l'autoroute Interstate 95 les avale depuis des heures. Lise et Richard ont quitté leur péninsule de Gaspésie il y a quelques jours et se rendent passer l'hiver à Key West, une autre péninsule, au bout de la Floride. Afin de fuir le glacial -30 °C du Québec en janvier, ils ont préféré aller suer à +30 °C en Floride. Les premiers jours de route sont dédiés à filer vers le sud au plus vite afin d'éviter une tempête de neige ou des routes gelées et dangereuses. Rendus près de la ville de Washington à la mi-novembre, la météo est moins risquée. Et pour briser la monotonie de l'Interstate, Lise a eu l'idée d'en sortir à l'occasion pour mieux voir l'arrière-pays.

Attirés par le nom de la ville de Paris, en Virginie, ils s'y sont dirigés. Le marquis de Lafayette, de passage par-là, lui a donné ce nom en 1819. Le nom de cette ville était écrit bien petit sur la carte routière et pour cause. La population n'est que de 51 habitants. Mais le panorama est grandiose. À perte de vue, ce sont de vertes collines, dentelées de clôtures blanches qui délimitent les pâturages. Des bœufs et des chevaux y broutent si paisiblement qu'on voudrait se joindre à eux. Charmés par toute cette splendeur, ils ont décidé de chercher une auberge pour y passer la nuit. L'Ashby Inn était incontournable, car c'était la seule à vingt kilomètres à la ronde. Mais aussi, c'est celle que tous ont recommandée sans hésiter. Que ce soit des clients rencontrés à la station-service ou du policier qu'ils ont croisé, l'Ashby Inn était la préférée.

Leurs hôtes John et Carl se sont dépassés pour choyer ces Gaspésiens venus de si loin. Seulement un autre couple y séjournait ce qui laissait du temps libre aux propriétaires en mesure de loger jusqu'à seize personnes. Richard, passionné par les chevaux, a même pu aller faire une tournée à cheval de l'immense domaine voisin. Cet éleveur de bétail et ami de Carl parcourt son gigantesque ranch à cheval durant deux heures chaque jour afin de surveiller son troupeau. Lise a passé ces heures en agréable compagnie dans un décor de rêve à l'auberge. De toutes leurs escapades improvisées hors du couloir abrutissant des Interstates Highways, ce petit Paris restera sans doute le plus mémorable.

Bently

À première vue tout semblait normal. Mais Jeanne demeurait convaincue qu'il fallait continuer de chercher. Leur beau chien Labrador brun répondant au nom de Bently les avait avisés d'une anomalie. Lui qui depuis trois ans passait des heures couché sur un lit de chien placé dans un coin de la cuisine, maintenant refusait d'y entrer. Déterminé comme un chien de chasse pointeur, il restait sur le seuil de la porte de la cuisine à gémir bizarrement. Hubert, le mari de Jeanne, a bien essayé de le distraire. Malgré ses sorties plus fréquentes avec Bently pour le faire courir dans le parc, son chien revenait pointer en direction de l'évier de cuisine.

Jeanne et Hubert avaient beau se placer derrière Bently pour regarder dans la même direction que lui, ils ne pouvaient rien voir d'anormal. Vu l'insistance de son chien, Hubert a eu la bonne idée de déplacer un à un tous les objets situés en direction de son regard. Tour à tour il a déplacé le grille-pain, la cafetière, la bouilloire et la corbeille de fruits sans que Bentley ne cesse de fixer. Mais lorsque Jeanne a saisi l'ananas qu'elle laissait murir sur le comptoir, Bently l'a suivie d'un regard inquiet. Elle a posé l'ananas près de la fenêtre pour l'examiner au soleil. C'est alors qu'elle a sursauté en apercevant un petit lézard qui la fixait.

Remise de sa surprise elle l'a montré à Hubert qui a trouvé étrange qu'il ne s'enfuie pas. Petit lézard était déjà habitué à leur présence, car il vivait avec eux depuis une semaine. Sa mère s'était enfuie lorsque l'ananas a été cueilli au Costa Rica, mais le petit est resté caché dans le feuillage de l'ananas, jusque dans la cuisine de Jeanne. Se nourrissant de petits insectes, il a vite charmé Bently qui n'avait jamais vu de lézard auparavant. Il appréciait son habileté à capter les mouches qui l'agaçaient. Voyant combien Bently aimait son nouvel ami, ils lui ont installé un vivarium près de son lit dans la cuisine. Le petit lézard semble aimer Bently comme si c'était sa mère et gare à celui qui s'approche du lézard, car Bently le protège avec vigilance.

Cigale ou Fourmi

La cigale ou la fourmi; laquelle devrais-je préférer? Dans la fable de Jean de La Fontaine, la cigale avait le beau rôle, elle qui n'avait que chanté tout l'été. Alors que la fourmi plus industrieuse méritait son admiration. Il se trouve que les deux sont présentes dans l'univers de la cour arrière de notre maison. Après une étude approfondie de leur comportement, voici ce que j'ai observé.

Le chant de la cigale vient confirmer qu'il fera chaud. Souvent nous le savons déjà par la sueur que nous dégageons même à l'ombre. Son chant occasionnel est tolérable, presque divertissant par son exotisme. Mais j'imagine que si cent cigales se relançaient leurs sérénades, ce serait bien infernal. Entre ses vocalises, la cigale se nourrit d'insectes plus petits, ce qui est excellent surtout si c'est ceux qui nous piquent. De la cime des arbres, elle a une superbe vue sur son royaume. Mais elle doit déménager souvent, car, maître corbeau, attiré par son chant, peut maintenant la localiser et s'en régaler.

Une fourmi c'est bien gentil. Elle pollinise les plantes en se baladant de fleur en fleur. De nature sédentaire et familiale, c'est lorsqu'elles se regroupent par milliers que leur présence dérange. Afin de se bâtir une résidence protégée, elles creusent des tunnels dans le parterre, visibles par le monticule de terre empilée juste à côté. Ces travaux d'ingénierie sont admirables, mais désastreux quand la pelouse en est parsemée. Peu respectueuses de la propriété d'autrui, c'est lorsqu'elles viennent se loger dans les murs et les armoires de la maison qu'elles dérangent le plus. Cette invasion barbare de mon espace vital est pour moi un acte de guerre que je repousse d'urgence à coup d'insecticides. Jean de La Fontaine avait raison de parler d'elles au singulier, car c'est ainsi que la cigale et la fourmi sont le plus sympathiques.

Service

Une série de nouveaux attentats perpétrés par des terroristes islamistes le vendredi 13 novembre 2015 ont remis les Parisiens et les citadins du monde dans la peur d'un désastre imminent. Après coup, l'identification de ces terroristes nous révèle qu'ils sont dans la jeune vingtaine et citoyens français. La plupart ont vécu dans des quartiers surpeuplés de nouveaux arrivants. Ils essaient tous de vivre plus heureux dans leur pays d'accueil afin d'échapper à la tyrannie qui règne dans leur pays d'origine. Les jeunes de ces familles finissent par se révolter en constatant les inégalités et la vie cossue des mieux nantis qu'ils côtoient. Dans leur ghetto, les parents sont souvent absents, car ils doivent se contenter d'emplois de nuit ou mal payés. Afin de nourrir et de loger leur famille, ils doivent cumuler deux ou trois emplois.

Pendant ce temps leurs adolescents et jeunes adultes trainent dans la rue et subissent l'influence de gangs ou de la drogue. Ce milieu sait attirer les démunis en leur donnant un sentiment d'appartenance et de force contre les injustices. C'est dans ce creuset fertile que recrutent les terroristes. Souvent ces jeunes sont déjà passionnés par des jeux de guerre sur internet. Ceci facilite leur incitation à joindre l'entrainement avec de vraies armes. De plus, ils ont accès à des drogues qui les stimulent à l'excès et leur font oublier l'horreur de leurs actes.

Nos gouvernements et armées de pays libres sont démunis face à ce danger intangible. Peut-être devrait-on instituer le service militaire obligatoire pour tous les jeunes, riches ou pauvres. De cette façon, tous recevraient un minimum de formation pour apprendre un métier ou une profession dans un domaine d'avenir. Ce serait un moyen efficace de pallier un manque de milieu familial sain et de montrer à tous des habitudes de vie harmonieuse en société. De plus, les jeunes seraient forcés de côtoyer des gens de races et d'idéologie différentes dans le but de mieux se comprendre plutôt que de se craindre. Et si le terrorisme venait à s'attaquer à la population en général, ce serait bon de savoir que nos jeunes savent se défendre. C'est justement deux jeunes militaires américains en vacances qui ont empêché un terroriste de tuer des centaines de personnes dans un train récemment en France.

Diapason

Puisque le naturel cherche à revenir au galop dès qu'on le chasse, aussi bien s'en accommoder. C'est ce que Maurice a décidé récemment. Après plusieurs mois de convalescence, il se sent enfin à nouveau en forme. Il a dû subir deux pontages cardiaques il y a quelques mois. Quitte pour une bonne frousse, il utilise sa rémission pour vivre pleinement. Son emploi de représentant l'a forcé à se plier aux exigences de ses clients et de plaire en restreignant ses opinions. D'un naturel très opiniâtre, sa convalescence lui a permis de découvrir sa passion pour la prose et la liberté d'enfin émettre son opinion.

Cette survie l'a convaincu de prendre une retraite anticipée. Une petite rente lui permet une vie simple, mais libre. Son travail l'avait obligé à se déplacer hors de sa ville constamment. Pourtant il a toujours adoré son lieu de résidence. De chez lui il pouvait marcher sur plusieurs rues tranquilles et aller admirer le lac à partir du parc riverain. La bibliothèque municipale accessible à dix minutes de marche est administrée par des résidents bénévoles. Après en avoir rencontré quelques-uns, il a accepté de se joindre à eux. Ils ont vite apprécié son aisance avec le public et, en y consacrant deux soirs par semaine, il a enfin pu faire plus ample connaissance avec ses voisins. Il habitait ce secteur depuis onze ans, mais n'avait jamais eu le temps d'en profiter.

Tout un autre univers s'est offert à lui en assistant à la réunion mensuelle du conseil municipal. Informé des préoccupations des élus et libre de dire ce qu'il pense, ils ont vite remarqué son intérêt pour les affaires municipales. Il a rencontré certains conseillers pour les aider à faire avancer des dossiers impliquant les gouvernements provincial et fédéral. Pour influencer l'opinion publique, il a écrit aux médias qui ont publié quelques-uns de ses commentaires. Stimulé par cette nouvelle façon d'être, son agenda s'est vite comblé d'activités toutes très intéressantes et au diapason avec sa vraie nature.

Invasion

Bouleversé par cet événement je n'ai pas trouvé l'inspiration d'écrire ce matin. Mon désir d'écrire chaque matin n'a pas remplacé le fait que je n'ai presque pas dormi la nuit dernière. Après avoir bu un peu d'eau vers deux heures du matin, j'ai voulu prendre une pastille pour soulager mon mal de gorge. Ces pastilles sont emballées individuellement et nous en avions laissé quelques-unes sur le comptoir près de l'évier. Heureusement que j'avais allumé la lampe et que j'étais assez éveillé pour remarquer que ces bonbons sucrés étaient couverts de centaines de minuscules fourmis. J'en ai écrasé plusieurs, mais j'en ai aperçu qui sortaient d'une moulure de coin du mur.

Une fois les pastilles infestées jetées dans un sac étanche, je suis retourné essayer de dormir. Le matin avec mon épouse, nous avons élaboré un plan d'attaque contre l'envahisseur. Avec l'aspirateur j'ai recueilli d'autres centaines de ces fourmis sur les comptoirs, dans les armoires et le tapis. Nous avons vidé et inspecté le contenu de tous les rangements. Les biscuits et les céréales étaient eux aussi pleins de visiteurs. Pendant que les rangements étaient vidés et le contour des murs dégagé, j'ai pulvérisé un insecticide que j'ai laissé agir avant d'essuyer l'excédent. Nous avons maintenant rangé toute la nourriture dans des contenants étanches et notre maison est encore plus propre qu'elle ne l'était déjà.

On nous avait pourtant avertis que ces petites fourmis étaient envahissantes et nous en avons maintenant la preuve. Ce sont les petites, mesurant deux à quatre millimètres qui sont les plus gourmandes. De plus, elles ont su éviter le piège collant qui est efficace avec les plus grosses fourmis de cinq à quinze millimètres. Les petites contournent le piège plutôt que d'y pénétrer pour s'y prendre. Ce ne sont que de minuscules insectes, mais leur invasion de notre domicile nous a affectés comme si c'était un acte de guerre et nous sommes fiers d'avoir vaincu l'ennemi pour le moment. Il faudra s'en méfier, car elles peuvent revenir en tout temps puisque leur territoire est sans frontière.

Sentier

L'annonce d'une promenade guidée dans un sentier en pleine nature attire des gens intéressants d'origine très variée. Organisé par le centre de la nature local, on nous encourage à porter des vêtements longs et des bottes de marche. Le sentier choisi ce matin est dans la jungle de la Floride, mais d'accès facile et en terrain plat. À l'heure convenue, nous sommes vingt-deux participants à suivre Betty, notre guide. Elle est retraitée, mais qualifiée en survie, en mesures d'urgence et connaît bien la flore et la faune de la région.

Après quelques renseignements utiles, elle nous a invités à dire notre nom et provenance alors que nous étions placés en cercle près d'elle. Puis Betty a ouvert la marche et nous l'avons suivie en file indienne ou côte à côte lorsque possible. Certains d'entre nous étaient en couple, les autres en profitaient pour faire connaissance avec la personne la plus proche et entamer une conversation. À intervalle régulier, Betty s'arrêtait pour nous intéresser à une plante ou un animal sur notre parcours. Le groupe de ce matin était constitué de gens de partout aux États-Unis et du Canada.

J'ai parlé de chevaux avec Mike qui vient du Montana et de la façon d'entretenir nos six palmiers avec Betty. Carl qui m'a expliqué pourquoi il a choisi la Floride pour sa retraite plutôt que l'Arizona où il a toujours vécu. TJ et son épouse, qui demande qu'on l'appelle Scout, sont des habitués de ce genre de promenade, car c'est ainsi qu'ils se sont rencontrés il y a dix ans. Tony est un musicien qui joue plusieurs instruments et que j'ai vu dans la fanfare du quartier. Malgré ses quatre-vingt-deux ans, il marche d'un pas déterminé. Ce genre de promenade a lieu le mercredi matin de neuf heures à midi. J'en reviens toujours enchanté et enrichi de plusieurs nouveaux amis.

Coureur des bois

Mine de rien, Marc est arrivé au bureau juste à temps pour se joindre au groupe de fêtards. Rémi, le directeur du département, avait convoqué tout son personnel pour la réunion hebdomadaire du vendredi midi. En voyant son air de carême, l'inquiétude a monté d'un cran et coupé l'appétit de plusieurs. Dommage, car cette rencontre était devenue plutôt festive. Comme d'habitude, Rémi a fait livrer assez de pizzas pour tous. Plutôt que de socialiser, Rémi se contentait de réviser ses notes. Lorsque tous avaient commencé à manger, demandant leur attention, il annonce la faillite de Pronox leur plus gros client. Rémi doit licencier la moitié du personnel vu cette importante réduction de revenus.

TouTouRisme est une agence de voyages fondée par le père de Rémi il y a vingt ans. Son père souffre d'Alzheimer depuis deux ans, alors Rémi dirige l'entreprise avec son oncle actionnaire âgé de 90 ans. D'une santé fragile, il n'est pas actif dans la société, mais son épouse engrange tous les profits. Rémi n'a pas trouvé le moyen d'acheter ses parts et risque de tout perdre. Marc a été surpris par la nouvelle, lui qui revenait tout juste d'une absence de six mois. Expert accompagnateur de voyages organisés, il était passé constamment d'un voyage à l'autre. La faillite de Pronox avait provoqué l'annulation des prochains voyages et le risque de poursuite par les vacanciers lésés.

Marc avait pu reprendre son logement, mais devait le partager avec un ami qui le louait durant son absence. Lui qui n'en achète jamais, Marc s'est laissé tenter par la jolie caissière et il a acheté un billet de loterie avec son épicerie. Le lendemain, il n'en croyait pas ses yeux en voyant qu'il avait gagné vingt millions. Profitant de la présence de toute l'équipe ce midi, il a annoncé qu'il allait acheter TouTouRisme et garder tout le monde. Aussi il leur a présenté, 'Coureur des bois' son nouveau voyage-vacances. Ce tour qu'il a testé avec des amis a déjà une liste d'attente. Il permet à des touristes munis de bracelet GPS de parcourir des sentiers forestiers allant d'une auberge à l'autre. Ils se baladent allègrement, car leurs bagages sont transportés par camion. Régénérés par la nature, les vacanciers sont fiers d'être devenus, le temps d'un congé, Coureurs des bois.

Zone confortable

La zone de confort de l'humain est extrêmement étroite. Chacun peut avoir une préférence. Pour moi, l'idéal se trouve à 23°C avec une humidité relative de 60%. Bien sûr, nous pouvons survivre à -40°C et +40°C même sans climatisation avec des vêtements appropriés, de l'ombre et du vent. Pourtant cet écart de 80°C est bien petit comparé à ceux des autres planètes. Rares sont celles qui offrent ce climat propice à notre survie. Raison de plus pour protéger notre cocon si fragile.

Selon l'endroit où nous choisissons de vivre sur terre, notre maison doit avoir un système de chauffage et de climatisation adéquat. Le défi est de nous maintenir à 23°C à l'intérieur, peu importe ce qu'il fait dehors. Toutefois, nous aimons vivre à l'extérieur le plus possible. Alors lorsque la température persiste à se maintenir sous zéro durant plusieurs mois de notre hiver québécois, nous plions bagage et allons vivre ailleurs. Ainsi nous évitons de porter les encombrants manteaux et bottes d'hiver. Même notre voiture s'en porte mieux. Moins de rouille due aux produits de déglaçage sur les routes, pas de pneus d'hiver et surtout pas de glace à gratter sur le pare-brise.

Au bout d'environ vingt-cinq heures en voiture nous arrivons enfin à notre résidence en zone tropicale. Ce long périple vers le Sud finit par être abrutissant alors, nous l'échelonnons sur plusieurs jours. Cette année, nous l'avons prolongé de trois jours afin de visiter la belle ville de Philadelphie. Quelques jours plus tard, enfin arrivés dans notre chez-soi du Sud, il faisait 30°C et l'humidité était à 90%. C'était très inconfortable d'être toujours en sueur même à ne rien faire. Une semaine plus tard, la température est redevenue clémente et s'est maintenue ainsi durant tous nos mois d'hibernation. Conscients que nous sommes choyés par ce régime de vie, nous arrivons ainsi à nous maintenir en zone de confort et limiter nos journées sous une météo exécrable à moins de 30 jours par année.

Dernier client

Encore un mardi matin qui débute comme tous les autres. Jean est représentant pour une entreprise qui fabrique des fournitures électriques industrielles. L'agenda de sa journée est déjà bien rempli. C'est le vendredi matin qu'il contacte ses prospects ou ses clients réguliers pour prévoir les cinq ou six rencontres normalement possibles pour chacun des cinq jours de chaque semaine. Son territoire est la région ouest de l'île de Montréal au Québec. Il connaît bien ses clients puisqu'il fait ce travail depuis déjà quatre ans.

Comme dans la plupart des domaines, la concurrence est forte. Ses vingt années d'expérience dans la vente donnent à Jean la confiance du déjà-vu. L'entreprise qui l'emploie est dynamique et offre de nombreux nouveaux produits pour lesquels la demande est forte. Les conseils de Jean sont appréciés et c'est souvent ce qui le démarque de ses concurrents moins expérimentés. Ses résultats sont parmi les meilleurs et il arrive toujours à dépasser son quota de vente. Son travail est presque toujours plaisant, car ses clients sont devenus des amis qu'il aime revoir et qui l'encouragent.

Le succès de Jean est maintenant reconnu au sein de toutes les filiales de cette entreprise internationale. Sa notoriété est telle que le président, basé au siège social en Allemagne, va venir le féliciter lui-même à la réunion annuelle de l'entreprise au Canada. Ce président fera le discours inaugural de la rencontre et il a demandé à Jean de faire un exposé de quinze minutes juste après. Jean avait beaucoup appris de ses pairs alors il a accepté de partager le principal secret de sa réussite.

Avec les années, il a remarqué que plusieurs transactions importantes sont exécutées en fin de journée. Ce sixième ou dernier client de la journée est toujours sans rendez-vous, car il risque trop souvent d'être annulé si la rencontre avec les cinq clients précédents est plus longue que prévu. Jean a remarqué qu'il s'y rend souvent à reculons, car épuisé. Mais le client, lui aussi fatigué par ses longues heures au travail laisse souvent tomber sa garde, heureux de revoir son ami Jean et d'acheter ses produits pour récompenser ce dernier effort.

Vocation

Habituellement, ce serait passé inaperçu. Mario marchait depuis une dizaine de minutes et il avait croisé des centaines de piétons. Se dirigeant vers l'est sur la rue Rachel, il attendait au feu rouge pour traverser. Julie avait monté la rue Berri et a surpris Mario lorsqu'elle a traversé la rue Rachel pour le rejoindre. Ils ne s'étaient pas revus depuis quelques années, mais ils avaient travaillé ensemble en publicité au journal La Patrie. Vu les difficultés du journal, Mario avait dû licencier la moitié de son équipe et Julie avait mal accepté sa mise à pied et rayé Mario de sa vie. Deux ans plus tard, le journal a cessé toutes ses opérations, laissant Mario, lui aussi, sans emploi.

Le temps avait fait son œuvre et ils se sont salués comme de vieux amis, heureux de se revoir. Ils se rendaient tous deux à la bibliothèque. Alors ils ont marché ensemble jusque-là. Question de meubler la conversation, ils ont parlé des livres que chacun rapportait à la bibliothèque. Julie avait un roman de Follett et de Tremblay. Mario semblait mal à l'aise de montrer que ses trois bouquins portaient sur la théologie. Voyant le regard intrigué de Julie, il a expliqué qu'il a toujours été un fervent chrétien. Les emplois qu'il avait cumulés après le journal l'ont tous déçu alors, il est allé rencontrer l'évêque de son diocèse.

Après quelques rencontres, ils ont conclu que sa vocation tardive était légitime. L'Église étant à court de prêtres, Mario a été accepté comme séminariste, malgré ses 45 ans. Maintenant dans sa troisième et dernière année d'études en théologie, il assiste le vieux prêtre de sa paroisse et devrait le remplacer d'ici deux ans. Julie avait du mal à le croire, mais a bien reconnu le caractère de son ancien patron en publicité. Avide d'augmenter le nombre de paroissiens, l'évêché a aussi grandement apprécié les talents de Mario pour attirer des clients. Et Julie, surprise et intriguée par ce médium de communication nouveau pour elle, lui a offert son aide et comme par miracle, depuis quelques dimanches, l'église se remplit.

Troubadour

Mon cousin Marcel a disparu. Il a coupé tous les liens avec la famille. Sa sœur est décédée récemment alors nous avons tous essayé de le joindre. On en est venu à penser qu'il est peut-être devenu clochard. Pourtant à l'adolescence, je l'enviais beaucoup. Doué pour la musique, il jouait de la guitare et de l'accordéon. Son aisance avec les filles et sa belle personnalité en faisaient une vedette à Cartierville. Sa mère était infirmière et a toujours fait preuve d'une grande bonté et d'empathie pour les malades. C'est sans doute d'elle qu'il tenait cette passion et il a travaillé plusieurs années comme chauffeur d'autocar spécialisé dans le transport des handicapés.

Sa disparition est inquiétante, mais puisqu'il a toujours vécu libre et indépendant, je me permets d'imaginer plutôt qu'il est heureux ainsi et loin d'être misérable. À ses nombreux talents s'ajoute la calligraphie. Et si c'était par cette aptitude que le Cirque du Soleil l'aurait recruté. En plus de son emploi au sein de l'équipe qui prépare les affiches publicitaires, il aurait terminé ses études le soir pour enfin devenir infirmier, comme sa mère. Les athlètes et artistes du Cirque sont toujours accompagnés de personnel médical et Marcel aurait dû attendre deux ans, mais il occuperait maintenant le poste d'infirmier accompagnateur.

Encore libre de toute attache comme il a choisi de l'être, c'est lui qui aurait été choisi pour soigner l'équipe qui s'est installée à Milan en Italie. Lui qui n'avait pas visité l'Europe serait ravi d'y être pour un contrat de cinq ans. Cette superbe ville l'aurait charmé et il aurait été surpris par son aisance à parler l'italien, surtout avec les Italiennes. Ses rares journées de congé lui auraient permis de faire des escapades à Venise, Vienne, Paris, Cannes et Munich. Ses aptitudes en musique, aussi appréciées par les musiciens du Cirque, il aurait même composé une musique utilisée en spectacle. Un peu plus et on pourrait croire que les créateurs de ce spectacle se sont inspirés de lui, car ils l'ont nommé Troubadour, un peu comme lui.

Rex

La matinée s'annonçait pourtant assez normale. Dès 6 h 30, Émile était dans sa voiture à rouler, tendu par la circulation déjà dense. Le chroniqueur à la radio rapportait un accident et un bouchon qui s'intensifiait. Connaissant bien le secteur, Émile a quitté l'autoroute à la prochaine sortie. Plusieurs autres automobilistes ont fait comme lui. Heureusement, peu d'entre eux sont allés sur les mêmes petites rues que lui. Malgré les nombreux arrêts et feux de circulation, il envisageait d'arriver quand même à l'heure au bureau.

Une trentaine d'employés seront présents ce matin pour la réunion mensuelle dirigée par Émile. Alors qu'il attendait au feu rouge sur la rue Papineau, il pensait à cette réunion quand un violent impact côté passager l'a aspergé de brins de verre. Sa voiture avait été poussée de côté et s'était fait écraser contre un édifice au coin de la rue. Le gros camion qui l'avait embouti circulait à 60 km/h sur son feu vert, mais le conducteur avait dû tourner subitement pour éviter quatre piétons. Ces jeunes se pourchassaient pour jouer en chemin vers l'école et ils ont couru sans regarder au travers du boulevard Rosemont. Soudainement pris de remords, ils ont couru extirper Émile de sa voiture en vitesse, car une odeur de gaz s'en dégageait. À peine ont-ils pu le trainer à dix mètres de là que les deux véhicules accidentés se sont enflammés. La voiture d'Émile avait brisé une conduite de gaz qui a alimenté l'incendie ne laissant rien que des carcasses calcinées.

Depuis une semaine, Émile est aux soins intensifs. Il était parti de chez lui si vite qu'il a oublié son portefeuille. Son visage et ses mains sont maintenant couverts de pansements et rien n'est resté de la voiture, ce qui a compliqué l'identification du blessé. Maintenant qu'il arrive à parler, il est évident qu'il souffre d'amnésie. Son épouse, ses amis et ses collègues de travail étaient tous déçus qu'il ne les reconnaisse pas. Rex est celui qui a redonné à tous une lueur d'espoir. En partant de la maison le matin fatal, Rex lui avait donné une bonne léchée sur l'oreille alors qu'Émile se penchait pour prendre son porte-document. Assez guéri pour sortir de l'hôpital et retourner à la maison, lorsque Rex a eu la chance de refaire ce même geste, Émile a enfin reconnu son fidèle ami et sa famille.

Bel Horizon

Sur les flancs de la montagne de Rougemont au Québec, et autour du village du même nom, la pomiculture occupe une immense superficie. Parmi les dizaines de vergers, un des plus gros et plus ancien appartient aux Oblats de Marie-Immaculée. Cette communauté religieuse y a logé jusqu'à cinquante oblats et autant d'étudiants qui venaient aider à la récolte. La famille Louvier habite ce village depuis vingt ans et connait bien les oblats. Comme la plupart des communautés religieuses de nos jours, leurs membres sont âgés et peu de jeunes recrues viennent

les aider. Les dirigeants n'ont pas eu d'autres choix que
de vendre.

Aldor Louvier connaissait bien la pomiculture, mais
n'avait pas les moyens d'acheter cet immense
domaine. Situé sur le flanc sud de la montagne et
contenant quelques étangs naturels, c'était une perle
qu'il fallait cueillir et garder dans la paroisse à tout
prix. Les Louvier de Rougemont avaient neuf enfants
et les oncles et les tantes avaient tous plusieurs enfants.
Aldor a convoqué un conseil de famille élargie. Avec
son ami Romain Cousineau, directeur de la caisse
populaire, ils ont monté un plan d'affaires pour acheter
le verger des oblats.

Heureux de se revoir ailleurs qu'aux funérailles, les
Louvier ont tous participé à la réunion. Venant de
plusieurs villes éloignées, ils avaient tous bien en
mémoire leurs origines agricoles. Leurs occupations
variées apportaient un savoir-faire très utile pour un
projet d'une telle envergure. Aucun n'était très fortuné,
mais tous avaient un travail stable et assez de crédit
pour qu'ensemble ils puissent l'acquérir. La
transaction incluait une transition durant deux années
pendant lesquelles quelques oblats habiteraient encore
sur place, pour entrainer les huit membres de la famille
Louvier choisis pour y travailler. Ces cousins et
cousines étaient ravis d'habiter la superbe résidence de
quatorze chambres qui avait déjà logé l'évêque du
diocèse. Leur entreprise est vite devenue prospère et
son panorama lui a valu de maintenir son nom de Bel
Horizon.

Golfeur

Claire et Robert adorent jouer au golf. Leur résidence principale est au Québec et en bordure d'un terrain de golf où ils jouent tous les jours de l'été. Durant les cinq mois trop froids pour jouer au Québec, ils partent vers le sud à bord de leur luxueuse auto-caravane. En Floride ils s'installent en bordure d'un golf ceinturé de terrains aménagés pour les véhicules récréatifs. Au sein de cette communauté de golfeurs, ils se sont vite fait des amis. Mais leur notoriété a atteint un sommet vendredi dernier.

La journée s'annonçait superbe. Ils ont rencontré les autres joueurs pour un brin de jasette à 8 heures, puis ils ont pris leur départ à 8 h 30, en quatuor avec Lise et Louis. Ils sont presque voisins sur la rue Sunset et sont souvent ensemble après le golf. Rendus au 12e trou, ils ont vu Jeff, le président du club de golf. Il quittait le tertre de départ au volant de sa voiturette. Comme il allait passer près de l'étang, Claire l'a vu soudainement couler sous l'eau. Tout est arrivé si vite que les trois autres membres de son quatuor n'ont rien vu. Robert qui était déjà au volant, a vu le sérieux de Claire et conduit au plus vite vers l'étang où il a remarqué les traces sur la berge. Heureusement que Robert a fait vite, car Jeff était assommé et sous deux mètres d'eau. Dès que Robert l'a ramené sur la berge, Claire, qui est infirmière, lui a fait un massage cardiaque et le bouche-à-bouche.

Louis va lui aussi se souvenir de cette journée. Armé de son fer cinq, il a affronté un alligator de trois mètres qui s'apprêtait à attaquer ses amis sur la berge. Jeff s'est bien remis de son malaise et en a profité pour changer sa vieille voiturette qui en brisant un essieu, avait provoqué ce plongeon. Claire et Robert ont été honorés au bal du président et ils ont obtenu un laissez-passer valable pour cinquante parties de golf. Depuis ce temps, Claire critique moins Robert qui aime longer les berges des étangs à la recherche des balles égarées. Sait-on jamais s'il n'y trouverait pas aussi un autre golfeur ?

Bon matin

La magie de l'aurore me fascine. Avoir le temps d'en apprécier le spectacle est un privilège. Une vue sur un panorama avec de la végétation et quelques animaux sauvages rend le tout encore plus stimulant. À peine est-ce perceptible qu'un oiseau fait déjà le coq et lance l'appel qui annonce officiellement une lueur d'espoir. On la tient pour acquise, mais j'espère ne jamais voir un jour noir comme la nuit. Dès que la clarté le permet, plusieurs oiseaux se déplacent à la recherche de leur premier repas. Le vent agite l'ensemble, mais, son absence ce matin, porte à croire la nature morte. Un écureuil vient nous rassurer. Ce calme plat permet de remarquer le moindre mouvement sur ce tableau de maître.

Les nuages meublent surtout l'horizon. Le ciel bleu-gris et dégagé a des airs de crâne chauve couronné d'ouate vagué. Les hirondelles qui passent à une vitesse vertigineuse mettent au défi notre vision périphérique. Soudain, on entend une belle musique. Nous avons la chance d'avoir un voisin pianiste. La lueur du jour l'inspire et son studio de musique est dans un cabanon. Il en ouvre les portes et fait face au soleil en jouant sur son clavier. Il pratique ainsi presque chaque matin plusieurs douces mélodies qu'on entend en sourdine.

Comment ne pas être heureux lorsqu'on baigne dans tant de beauté? Encore faut-il le voir et l'apprécier sans le tenir pour acquis. Sans aller à l'extrême d'une vie strictement contemplative, j'estime qu'il est sain et important que nos journées commencent tranquillement et en harmonie avec la lenteur du lever du jour. C'est ainsi que les activités de la journée seront plus agréables et remplies d'énergie positive pour affronter la controverse. Le coucher du soleil et l'arrivée du crépuscule peuvent aussi être spectaculaires. Mais à choisir, je me donnerais toujours du temps de qualité le matin, au point de me lever deux heures avant le début de mes activités pour optimiser mon exposition à la magie de l'aurore.

Maroquinerie

Solange et Rémi devaient déménager. Elle était enceinte d'un deuxième enfant et leur petit nid d'amour, comme ils l'appelaient, n'avait qu'une seule chambre. Ils avaient dressé une liste de préférences recherchées pour leur nouvel appartement. Pour Solange, le critère le plus important était qu'il soit situé près du Marché Jean-Talon, l'un des marchés les plus achalandés de la région de Montréal et souvent plus distrayant que d'aller au zoo.

Chaque jour était comme une foire et Solange s'y rendait vers dix heures tous les matins. Elle y achetait des fruits et des légumes frais du jour et saluait les commerçants et agriculteurs qui la connaissaient tous très bien. Depuis trois ans, Rémi et elle ont laissé leur emploi pour devenir artisans du cuir. Leur confection est si raffinée qu'ils ont déjà gagné plusieurs prix au Salon des Artisans de Montréal. À ce jour, ils ont fabriqué des bourses, bracelets, portefeuilles, chapeaux, ceintures, et plusieurs protecteurs de téléphones intelligents ou de tablettes de lecture. La particularité de leurs produits est qu'ils contiennent tous une puce permettant de les retracer par internet.

Plusieurs usagers s'en servent dans l'espoir de retrouver ce bel objet s'il est perdu ou volé. Souvent il est personnalisé et a été reçu en cadeau d'un être cher. La popularité croissante de leur 'Maroquinerie Sol-Ré' vient du 'Bel-Age'. Une vedette de la télévision était photographiée portant un de leur bracelet lors d'une entrevue dans ce magazine. La journaliste l'avait complimentée sur ce superbe bijou. La vedette a expliqué qu'elle y tenait beaucoup. Elle l'avait égaré, mais retrouvé grâce à la puce traçable. Il n'en fallait pas plus pour que les gens âgés avec des pertes de mémoire recherchent ces beaux objets. Leur notoriété est maintenant internationale et leurs ventes par internet sont rendues plus élevées qu'en boutique. Et c'est sur la rue De Castelnau qu'ils ont déniché un superbe logement de quatre chambres. Une d'elles est leur atelier, et ce, tout près du Marché Jean-Talon.

Trente ans

Chaque année, en voyant venir son anniversaire de naissance, il anticipait ce qu'il allait faire pour le souligner. Le fait d'avoir encore vécu un an de plus était certes gratifiant. La chance que sa santé et bonne forme physique ne se soient pas trop détériorées lui donne de l'espoir pour la suite. Ayant su s'entourer de familles et d'amis qu'il aime, le comble est de constater qu'ils le lui rendent bien, tellement que c'est le cadeau qu'il apprécie le plus. Tout autre objet convoité parait superficiel et secondaire.

Aussi simple et élémentaire que ça puisse paraitre, savoir être aussi heureux que possible à chaque étape de sa vie est un considérable défi. Privilégié d'avoir atteint 62 ans et de ne plus devoir travailler depuis cinq ans, amène une nouvelle sérénité. Finie la course folle pour se plier à une multitude d'obligations. La vie peut enfin couler sur un débit qu'il contrôle à sa guise. Une saine dose d'activités physiques est soutenue par l'exercice mental que lui procure l'écriture et le piano. La météo devient le principal élément qui peut modifier son quotidien. Même du temps orageux et exécrable devient une chance de se réfugier dans son cocon avec sa douce moitié. Simplement faire ensemble un casse-tête en écoutant de la belle musique est alors très agréable.

Cette année encore c'est en Floride qu'il hiverne. Confortablement installé au milieu d'une vaste pelouse parsemée de palmiers, avec une vue et l'accès direct sur un terrain de golf, cet endroit paisible favorise la contemplation. Avec sa conjointe et ses meilleurs amis, sa fête sera soulignée par un excellent repas et une belle soirée entre amis. Toutes sortes de nouveaux projets et idées, plus farfelus les unes que les autres sont considérés, mais, rien pour mettre en péril ce fragile équilibre. Chaque jour de plus est un cadeau, car au mieux, il en reste pour trente ans de plus.

Piscine

Ils avaient pensé qu'il pleuvait, mais après quelques instants, Rose et Marc ont compris que c'était plutôt le bruit du vent dans les rameaux de palmiers. Ce bruit distinctif est assez différent de celui des feuilles. Comme un léger claquement saccadé d'un rythme modulé par le vent. Cet autre détail vient confirmer qu'ils sont bien arrivés dans leur résidence d'hiver en Floride. Tout changement dans la routine quotidienne amène un peu de bonheur, pourvu qu'on se donne le temps de le percevoir. Afin de bien s'immerger dans ce nouvel univers, ils écoutent le chant des oiseaux. De leur lit confortable, par la fenêtre ouverte, le gazouillis matinal est bien différent. Plusieurs petits oiseaux se saluent d'un arbre à l'autre. Mais c'est un faucon au cri distinctif qui les dépayse le plus et qui annonce sa suprématie sur ce royaume tropical.

Le soleil s'impose soudain et les rideaux ont peine à le contenir. Il évapore rapidement la rosée du matin qui, en disparaissant, emporte avec elle des milliers de diamants. Comme il est bon de profiter d'un climat tempéré toute l'année. Dormir la fenêtre ouverte et respirer à pleins poumons de l'air aussi pur que possible, voici le socle du bonheur auquel Rose et Marc aspirent. Sans cette base tonique, tout semble fragile et malsain. Quand vers 10 heures le soleil chauffe trop la maison, il faut tout fermer et climatiser. Souvent, il fait encore très bon dehors. Installés confortablement à l'ombre, le vent chaud les enveloppe de frôlements soyeux.

Lors de journées très chaudes et sans vent, une randonnée à vélo leur procure une brise très agréable. Ou alors, ils rejoignent des voisins à la piscine communautaire extérieure située au bout de la rue. Plusieurs se munissent de flotteurs et entament des conversations amicales. Après une baignade rafraichissante, ils s'installent sur les chaises longues qui bordent la piscine. Tout en lisant un bon roman, ils se laissent emporter par une sieste malgré les éclats de voix des autres baigneurs. Dans leur paradis floridien, cette journée s'est déroulée un dimanche, mais elle peut aussi s'appliquer tous les jours, au gré de leur désir.

Orignal

Ses parents ont dû insister à maintes reprises pour que Réal, leur seul fils, fasse au moins des études de niveau collégial. Sa mère est secrétaire au conseil municipal et son père est travailleur forestier. Tous deux originaires de Saint-Zénon, ils sont fiers de pouvoir y vivre et gagner leur vie sur place. Mais les perspectives d'emploi pour Réal étaient bien minces. Des études s'imposaient pour augmenter ses possibilités d'emploi. Il y a quelques années, lors des vacances estivales, ses parents l'ont amené avec eux vivre chez des amis Micmacs. Son père les avait connus au travail et avait fini par céder à leurs invitations répétées de passer l'été avec eux sur leur réserve indienne.

En se rendant sur place en hydravion, ils ont pu admirer l'immensité du territoire québécois, parsemé de milliers de lacs et de rivières. Sur les berges du lac Moreau, au milieu de la forêt boréale du Québec, se trouve Orignal, un village Micmac. Accessible aussi par des chemins forestiers, il leur aurait fallu vingt heures de route pour s'y rendre de Saint-Zénon. En arrivant sur place, ils ont été impressionnés par la beauté du village constitué d'une centaine de jolies maisons aux teintes pastel. Quelques-unes avaient été bâties par le conseil de bande pour loger les visiteurs, car il n'y avait pas d'hôtel. La maisonnette qui leur fut attribuée était bleu ciel et juste à côté d'un joli ruisseau berçant leur sommeil.

Leur séjour à Orignal a duré tout le mois de juillet. Chaque jour, ils partaient en expédition de pêche ou de chasse et ils ont fini par connaitre tous les habitants. Réal a remarqué la beauté des vêtements de cuir portés par les Micmacs. Il a été fasciné de voir les artisans dessiner et confectionner des vestes, chapeaux, mocassins et divers autres articles utiles. La dernière semaine, il a insisté pour rester à l'atelier afin d'apprendre le plus possible. C'est dans le domaine du design de la mode qu'il a choisi de faire ses études au collège de Joliette. Conseillé par ses professeurs, il a pu aider les Micmacs à diversifier leurs produits et les offrir sur internet. Et c'est Réal qui a créé l'emblème avec un superbe panache d'orignal qui est devenu la marque de commerce recherchée pour la souplesse et la beauté des vêtements de cuir griffés Orignal.

Murano

Comme pour la plupart d'entre nous, c'est le travail qui nous amène à habiter une ville plutôt qu'une autre. C'est ainsi que Claire et Jacques ont choisi d'acheter une maison à Lanoraie. L'entreprise qui emploie Jacques l'a promu directeur des ventes pour la région de Lanaudière. L'offre d'emploi le stipulait clairement : pour postuler à ce poste, Jacques devait absolument habiter la région. Le service à la clientèle douze heures par jour, tous les jours, était primordial dans ce marché très compétitif. En tant que directeur il devait pouvoir remplacer rapidement un employé qui devait s'absenter. Leur petit budget leur a fait choisir une maison construite il y a soixante ans. Jacques, très habile de ses mains, savait qu'il pouvait la remettre en ordre à peu de frais. Claire a tout de suite aimé le quartier et voyait la possibilité de redonner vie à ce joli bungalow, bien qu'il soit présentement défraîchi. Le garage était assez grand pour que Jacques y aménage un atelier tout en laissant assez d'espace pour une voiture.

Claire est comptable et a vite trouvé un emploi chez un important plombier de Lanoraie. Elle a même pu s'entendre avec lui pour que son travail au bureau soit de trois jours seulement, les deux autres jours pouvant se faire de chez elle par lien internet. Leur situation était stable et prometteuse alors, ils ont eu leur premier enfant. Leur entourage est très sociable. Les voisins sont vite devenus des amis. Tous deux amateurs de lecture, ils appréciaient n'être qu'à quelques rues de la bibliothèque municipale. Un groupe de lecteurs s'y retrouvaient le premier mardi soir de chaque mois.

C'est lors de leur troisième rencontre de lecteurs qu'ils ont découvert l'autrice Donna Leon. Non seulement ses romans policiers les a captivés, mais sa description passionnée de Venise et des alentours les a charmés. D'un commun accord, ils ont convenu d'y aller en vacances. Durant plusieurs mois ils ont suivi des cours d'italien sur internet. Marcello qui habite à deux maisons de la leur, les a aidés en conversant en italien pendant que Claire l'aidait avec sa comptabilité. Leur voyage à Venise les a comblés de bonheur. Ils en ont rapporté un splendide chandelier en verre de Murano qui orne leur salle à manger et s'harmonise au décor vénitien créé par Claire.

Limites

Il ne pouvait pas en rester là! Frustré de ne pas participer à la course, il s'est promis qu'on ne l'y reprendrait plus. Réjean est un athlète accompli. Champion en kayak, à vélo, à la crosse et en ski, c'est pour la course en montagne qu'il est le plus passionné. Une semaine avant une compétition, il est allé aider un ami à laver et cirer sa caravane de camping. L'échelle sur laquelle il était monté pour laver les rebords du toit a glissé sur une flaque d'eau et, en voulant amortir sa chute de deux mètres, il s'est foulé une cheville.

Son médecin a dû insister pour le convaincre de marcher avec une béquille durant au moins deux semaines. Puis, après trois semaines de physiothérapie chaque après-midi, il a pu enfin recommencer à marcher sans douleur. C'était assez pour qu'il se préoccupe plus de santé-sécurité au travail. À côtoyer plusieurs personnes blessées, elles aussi en réhabilitation et physiothérapie avec lui, il a vu un potentiel de carrière. Utilisant ses contacts dans les sports, il a identifié les principaux fournisseurs pour les athlètes. Son approche a plu au directeur du marketing du plus important fournisseur de vêtements de sport. Réjean deviendrait la figure de proue pour sensibiliser les entraineurs et les athlètes à la performance sans blessures.

Autorisé à reprendre l'entrainement, il a pu participer à une course en sentiers de montagne près de Vancouver. Son expérience combinée au port de vêtements et de bottes de haute performance, il a terminé en première place et fourni toute la visibilité recherchée par son commanditaire. Plusieurs messages publicitaires animés par Réjean ont fait bondir les ventes. Son visage et son nom sont devenus des symboles de persévérance et de réussite. Mais c'est dans les écoles que son travail était le plus gratifiant. Les jeunes sportifs apprenaient à persévérer pour réussir. Mais ils retenaient surtout que chacun est fragile, qu'il faut porter l'équipement approprié et ne pas excéder les limites qui mènent à la blessure.

Frippon

Serge vivait seul depuis maintenant dix ans. Son épouse est décédée, rapidement terrassée par un cancer. Leurs quatre enfants vivent ailleurs, loin aux États-Unis et en France. Ils y sont allés pour suivre un conjoint ou pour un emploi. Serge commence à trouver que son traintrain quotidien et sa banlieue-dortoir le dépriment. Enfin, ses vacances annuelles sont arrivées et il est parti seul, faire le tour de la Gaspésie. Sans but précis, il a tout de même décidé d'éviter les grandes villes et les autoroutes. La beauté de plusieurs villages qu'il a traversés l'a convaincu qu'il pourrait y être heureux. En longeant la rive sud du fleuve Saint-Laurent, il a ralenti son avancée afin de bien admirer certains d'entre eux.

Puisque ses enfants venaient le visiter plus souvent, Serge avait toujours aimé jouer le rôle de l'aubergiste. L'idée lui est venue de le faire pour vrai en voyant plusieurs édifices appropriés. Tous ces petits villages qu'il traversait avaient tous un clocher d'église visible à des kilomètres. Et juste à côté, un presbytère où logeaient le curé, quelques abbés et des servantes. Un grand nombre de ces grands édifices sont maintenant à vendre, faute de paroissiens pratiquants et de prêtres. Serge en a visité quelques-uns, mais c'est face à celui de Frippon qu'il a eu son coup de foudre.

Le curé Sauriol y habitait encore et avait su le maintenir en très bel état. Serge n'a pas hésité plus longtemps et il a acheté le superbe presbytère de Frippon. Il s'était documenté à l'avance et savait qu'il pouvait le rentabiliser assez vite. Son député et ami lui avait dit comment procéder. Serge avait fait les rénovations requises et obtenu le permis pour y loger vingt Syriens réfugiés arrivant au Canada. Il avait même suivi des cours afin de savoir parler avec eux. Il a troqué son emploi contre celui d'aubergiste à plein temps. Sur la grande véranda bordant la façade du presbytère de Frippon, nous pouvons souvent apercevoir une vingtaine de nouveaux résidents heureux de se bercer pour admirer le soleil couchant sur le fleuve majestueux, juste devant eux.

Jungle aménagée

À la recherche d'une résidence en Floride, Julien a parcouru toute la péninsule durant un mois. Bien sûr, il a adoré le condominium donnant directement sur la plage de South Beach à Miami. Mais ce genre d'appartement se vendait au moins un million de dollars américains. Ses moyens le limitaient plutôt à 150 000 $. Déterminé à faire le bon choix, il a visité toutes les régions intéressantes allant jusqu'aux Keys. Quelques maisons auraient pu le satisfaire près de Tampa. Mais le secteur n'était pas sécuritaire et trop loin des courts de tennis. Dans la région de Melbourne, il a trouvé la maison parfaite. Mais après inspection, elle avait été endommagée par deux ouragans et les assureurs refusaient de protéger les maisons de ce quartier.

Afin de ne pas être affecté par le gel en hiver, il hésitait à se rendre plus au nord. Mais les commentaires sur internet étaient assez favorables au sujet de Titusville. En arrivant dans le secteur, il n'a pas été impressionné. Tout de même, il a apprécié que la circulation fût moins dense qu'ailleurs et que tous les services, même les magasins grandes surfaces étaient sur place. Il aurait aimé être plus près de la mer, mais il a été surpris et charmé par un village en pleine nature. Situé à l'ouest de l'autoroute I-95 et entouré de zones de conservation marécageuses, ce havre de paix regroupait 1 500 résidences autour d'un golf. Pour se faire une bonne idée, il a visité quelques propriétés.

Sur place, il a rencontré quelques résidents et bénévoles au Nature Center. Genre de salle communautaire construite grâce à des dons de résidents, il y a aussi un musée exhibant plusieurs animaux locaux empaillés et des spécimens de plantes et d'insectes. Toutes les personnes rencontrées étaient souriantes et joviales. Originaires de partout aux États-Unis, mais principalement de Floride, ces résidents avaient donc choisi de vivre ici plutôt qu'ailleurs. Ce détail l'a conforté dans son choix, car comme eux, il a trouvé que c'était l'endroit qui offrait le meilleur rapport qualité-prix. Il peut enfin jouer au tennis tous les jours. Il s'y rend à vélo sur des routes bien pavées et sécuritaires où la vitesse est strictement limitée à 15mph. Mais ce sont les gens qui rendent cet endroit si agréable. Tous sont souriants et semblent heureux de vivre dans cette jungle aménagée.

Crêperie

Marcel a toujours aimé faire des crêpes et des galettes bretonnes. C'est Marie, sa belle-mère venue de Bretagne, qui lui a transmis ce savoir-faire. Avec l'aide de son épouse Gigi, ils ont ouvert une crêperie bretonne à Sainte-Adèle au Québec. Marcel a rafistolé ce vieil édifice sur la rue Principale et Gigi l'a enjolivé d'un décor très Breton. Il leur a fallu six mois de travaux pour enfin servir leurs premiers clients en juin.

Par la publicité intensive et leur emplacement très visible, il n'a fallu que sept semaines pour que leur salle à manger de trente places soit pleine une première fois.

Le lundi étant la journée la plus tranquille, ils en ont fait leur seule journée de congé. Encouragés par leur succès ils ont trouvé un autre couple de gens passionnés pour les aider. Claude et Sophie s'étaient connus alors que Claude était cuisinier et Sophie infirmière au centre hospitalier régional. Mariés depuis quatre ans, ils ont trouvé intéressante l'idée d'œuvrer ensemble. Sophie avait travaillé comme serveuse pour payer ses études et en gardait un excellent souvenir. Claude avait toujours aimé le contact avec le public, ce dont les cuisines de l'hôpital le privaient.

La petite annonce dans le journal l'Écho du Nord mentionnait que l'on recherchait un chef cuisinier et une serveuse pour la crêperie bretonne. Dès leur première rencontre avec Marcel et Gigi, ils ont su que la chimie était bonne entre eux. Avec ce nouvel apport de main d'œuvre, les deux couples ont pu se permettre deux jours de congés chacun et ainsi garder la crêperie ouverte sept jours. Quelques mois plus tard, Gigi a remarqué une annonce dans le journal qui a piqué sa curiosité. Le pavillon de France à Disney Orlando voulait ouvrir une crêperie bretonne. L'idée de ne plus subir le froid d'hiver l'a incité à postuler. L'origine bretonne de la mère de Gigi et leur aisance en anglais combinée à la réputation des crêpes de Marcel leur ont fait obtenir le poste. Leurs crêpes font maintenant fureur à Sainte-Adèle et à Disney. Les deux couples se partagent les mois d'hiver sous le chaud soleil de la Floride.

Cœur d'enfant

Venus de partout au monde, la magie de Disney les a attirés. Sous le climat paradisiaque de Floride, des marécages à perte de vue sont devenus des oasis. Pour aller chercher une clientèle variée, ils ont construit des parcs thématiques. Des pavillons thématiques attirent eux aussi plus particulièrement les enfants, ou des adolescents et d'autres, les adultes seulement. Et pour convenir au budget de chaque visiteur, certains hôtels sont à bas prix, d'autres très luxueux, mais la plupart sont de niveaux intermédiaires. Regroupé en villages-dortoirs, chacun s'illustre par un thème. Un des plus économiques célèbre les styles POP inventés durant le vingtième siècle. Chacun des dix édifices de quatre cents chambres est identifié par une statue aussi haute que ces édifices de quatre étages. Celui où nous logions était décoré par un téléphone géant en forme de Mickey Mouse alors que celui d'en face arborait un tricycle Big Wheel.

Pour souper, des amis nous avaient suggéré le décor africain de l'hôtel Kidani. Reproduisant un hôtel de brousse très luxueux, nous avons pu manger au niveau du sol avec vue sur quatre girafes, un zèbre, quatre grues huppées et deux impalas. Ce repas gastronomique africain arrosé d'un bon vin d'Alsace restera mémorable. Toute la journée, nous avons parcouru un semblant d'Afrique et d'Asie. En Jeep, nous avons cahoté sur des pistes et vu des lions, des éléphants, des rhinocéros, des crocodiles, etc. Juste après, un spectacle avec de gros oiseaux dressés nous permettait de les admirer en pleine voltige. Un immense hibou nous a ainsi frôlé la tête et plusieurs perroquets en ont fait autant.

Le public est aussi très intéressant à observer. Transformé en troupeau docile, il circule souvent en file indienne, tant la circulation piétonnière est dense. Pour voir un spectacle de dix minutes, il fera le pied de grue durant quarante minutes. Une multitude de fauteuils roulants et de poussettes peuvent à tout moment écraser les orteils du marcheur distrait. Tout ce décor de plastique est agrémenté de végétation luxuriante. L'ensemble demeure une fabuleuse distraction pour le badaud avec un cœur d'enfant.

Parade de Mickey

Une autre journée chez Disney à Orlando. Celle-ci s'annonce longue alors nous débutons plus tard. La chaleur intense est propice à la découverte de notre village-dortoir nommé POP Century. Après un bon petit-déjeuner santé, nous allons visiter les autres monuments géants qui célèbrent cette ère POP. On y découvre un cube Rubik, quelques quilles, un clavier d'ordinateur et un jukebox de table, tous de quatre étages de hauteur. Sur un jeu de soccer sur table géant, les figurines des joueurs sont plus grandes que moi. Puis nous traversons un joli pont qui nous mène au village Art Animation. Deux édifices-dortoirs de quatre étages arborant des poissons et des plantes marines nous donnent l'impression de circuler à l'intérieur d'un aquarium tropical géant. Un autre secteur illustre des voitures parlantes et plusieurs autres personnages de dessins animés, chacun dans son décor particulier.

Vers dix heures, nous prenons l'autocar vers Magic Kingdom, pensant qu'il y aurait une foule moins oppressante qu'à l'heure de pointe. Erreur, car il semble que ce parc thématique attire des foules à toute heure du jour. Nous devons rester debout pour laisser les places assises à plusieurs mamans avec bébés parmi les nombreuses poussettes pliées qui bondent l'autocar. Il n'est que 10 h 30, mais vu la densité de la foule, nous cherchons un restaurant pour diner vers 17 heures. À bord d'un monorail, nous visitons le Contemporary, un hôtel de forme pyramidale vraiment particulier, que le monorail traverse complètement.

Après une visite de ses quelques niveaux, n'y voyant rien d'intéressant, nous reprenons le monorail vers l'hôtel polynésien. Son décor est joli, mais pas son restaurant. De nouveau à bord du monorail, c'est au Grand Floridien que nous réservons pour souper à 17 h 45. Dans un décor enchanteur, notre table sera près de la fenêtre avec vue sur une superbe cour intérieure. Pour le moment, il n'est que 11 heures alors, sous un soleil radieux, en joli petit bateau-bus, nous revenons à Magic Kingdom pour le visiter. Notre émerveillement commence par l'escalade d'un gros arbre dans lequel est juché le Swiss Family Treehouse. À la Tiki House voisine, une multitude d'oiseaux mécanisés nous présentent une comédie musicale remarquable. Enfin, après une longue attente, la parade de Mickey Mouse enchante l'enfant que nous redevenons malgré nous, parmi les milliers d'enfants qui nous entourent.

De retour au Grand Floridien, notre table est dans un secteur tranquille. Le déclin du soleil enjolive l'architecture remarquable des édifices blancs au toit rouge, tout autour du jardin rehaussant le décor durant notre excellent repas. Une promenade d'après repas nous mène dans l'immense hall de l'hôtel. Une chorale de Noël y donne un concert près d'un sapin de 30 mètres et d'une maison grandeur nature, toute en pain d'épices. Notre exploration nous fait découvrir la terrasse du Grill au bord de l'eau. De cet endroit agréable, nous admirons les feux d'artifice de Disney à 21 h 30. Puis nous rentrons dans notre village-dortoir par le bateau-bus et l'autocar bondé d'enfants épuisés, mais ravis comme nous.

Bernier

La principale usine dans la ville de Bernier est maintenant fermée. On y fabriquait du papier journal depuis plus de 100 ans. Cette ville de 50 000 habitants a été fondée par Jules Bernier et employait près de 3 000 personnes encore récemment. Avec le temps, l'économie de la ville s'était diversifiée, mais la papeterie était demeurée le principal employeur. La venue des médias électroniques a tellement réduit la demande pour le papier journal que dans l'espace de trois ans, sa rentabilité est devenue impossible.

Les propriétaires de l'usine et les employés-cadres ont bien essayé de lui trouver une nouvelle vocation. Ils ont dû se résoudre à démanteler l'équipement et le vendre pour à peine couvrir les dettes. Au cours des vingt dernières années, ils avaient pourtant modernisé les installations et su maintenir leur marché. Plusieurs autres papetières vétustes ont cessé leurs opérations bien avant eux. Avec la fermeture définitive de l'usine, un exode de 15 000 résidents a lourdement affecté la survie de la ville. Heureusement le conseil municipal de Bernier a gardé l'usine vide en bon état. La ville en est devenue propriétaire à la suite de sa saisie pour défaut de payer les taxes.

Bernier demeure un endroit superbe où vivre. Au bord de la rivière Maurice, entourée de forêts luxuriantes, les 35 000 habitants se débrouillent pour y rester. Leur député fédéral vient de les sauver. L'usine sera convertie en mille unités d'habitation pouvant accueillir jusqu'à quatre mille nouveaux arrivants au pays. Le gouvernement canadien s'inspire de celui de la Norvège. On va ainsi loger, nourrir et surtout former ces démunis avant de les laisser à eux-mêmes. Trois cents emplois ont été créés pour des postes d'enseignement dans tous les domaines. Les nouveaux arrivants sont aussi employés pour rénover et agrandir les parcs, conjointement avec des résidents afin de favoriser leur intégration auprès de ces derniers. Plusieurs autres usines décrépites sont maintenant en rénovation, car toutes les régions du Québec sont réceptives à cette renaissance.

Jardin coulé

Roger Lacerte a toujours aimé le jardinage. De son père, il a appris à labourer la terre, l'engraisser puis semer et sarcler. Sa mère choisissait les fleurs et les légumes qu'elle savait agencer, créant toujours un potager harmonieux et productif. Roger a tellement vu ses parents heureux en jardinant qu'il y a vite pris goût.

Son autre centre d'intérêt fut la plomberie. Son grand-père était plombier. Puisque Roger était habile de ses mains et qu'il adorait son grand-père, c'est lui que ce dernier a choisi comme apprenti. Il n'avait que quinze ans, mais il était déjà de gabarit imposant. À force de manipuler de lourds tuyaux de fonte ou d'acier, sa musculature s'est vite développée. Ses parents ont su l'encourager à terminer ses études collégiales. Peu de temps après, Roger est devenu entrepreneur en plomberie et sa compagnie a connu une croissance soutenue. Le climat froid du Québec en hiver ne permet pas la survie de plantes tropicales. Lors de ses vacances en Floride, Roger a visité plusieurs jardins. Tous ceux qu'il a parcourus de Jacksonville à Miami lui ont donné plusieurs idées. Mais c'est à St-Petersburg qu'il a acheté un terrain pour créer son nouveau jardin.

Ce terrain était boudé par les développeurs immobiliers locaux. De forme rectangulaire de 400 par 600 mètres, il n'était constitué que de broussaille dans un trou dont le fond marécageux était à 10 mètres sous le niveau de la mer. Son fond, trop mou pour y construire, était surtout protégé pour recueillir l'eau de pluie du quartier. Grâce à lui, les environs restaient un peu plus secs.

Roger y a transplanté une grande variété de plantes tropicales requérant ce haut niveau d'humidité. La densité de la végétation s'est intensifiée tellement que cet espace maintient son propre microclimat toute l'année. Roger y a aménagé des sentiers et y loge des tortues, des perroquets, des papillons et de nombreux poissons. Son jardin humide est devenu un attrait touristique incontournable en Floride sous le nom évocateur de Sunken Garden.

Titusville

En vacances dans le sud de la Floride, nous avons pris congé de la rigueur hivernale au Québec. Notre séjour de cinq mois dans un village club offrait une multitude d'activités. Mon épouse et moi avons eu la chance de nous installer dans une villa avec vue sur le 15e trou du terrain de golf. Des vélos nous étaient fournis, alors, dès le premier matin nous avons visité toutes les rues et les nombreux sentiers de ce petit paradis. Nous l'avons trouvé de dimension parfaite et il nous a fallu deux heures à vélo pour passer partout.

Ce microcosme est en quelque sorte protégé de la folie humaine. Le village au complet, incluant le golf et deux restaurants, appartient aux propriétaires des terrains comme nous. Nos frais sont ainsi gardés à un niveau raisonnable, car ils n'incluent pas de profits payables aux actionnaires d'une compagnie comme c'est souvent le cas. Le petit terrain que nous possédons est de dimension confortable et plus grande que dans les villages commerciaux semblables. Notre village club compte 1 500 terrains et ne peut pas être agrandi. Il est entouré de forêts et de marécages à perte de vue, tous classés zones de conservation par le gouvernement américain. Ceci garde notre village juste assez grand tout en étant protégé d'une surpopulation, rendue possible lorsque des agrandissements sont permis et deviennent excessifs.

The Great Outdoors est le nom de notre paradis situé à Titusville en Floride. C'est près de cette ville que la NASA faisait le lancement des navettes spatiales. D'autres entreprises comme Spacex ont pris la relève et nous pouvons apercevoir leur lancement de notre salon. La ville offre un bon choix de magasins et de restaurants sans les inconvénients des embouteillages constants comme à Miami ou à Orlando. Des gens de partout aux États-Unis et qui ont voyagé beaucoup, ont choisi comme nous ce village club hors de l'ordinaire. Pouvoir côtoyer une telle qualité de ces gens informés et heureux de vivre dans ce paradis rend le voisinage encore plus agréable.

Avare

Attirés par Molière, nous étions onze résidents du quartier rassemblés à la bibliothèque municipale. Sophie avait eu la bonne idée de nous y faire lire l'Avare de Molière. À l'heure prévue, nous étions assis en cercle autour d'une table. Elle y avait étalé les textes, séparés en deux tas, un marqué homme, l'autre femme. Nous avons pigé au hasard notre personnage et débuté la lecture.

Molière est bien sûr très réputé, mais je n'avais pas souvenir d'en avoir lu. Valère, le personnage qui m'a été attribué, est le premier à prendre la parole. Tout de suite, j'ai pris conscience de la qualité des écrits de Molière. Son vocabulaire recherché et ses tournures de phrases inattendues m'ont charmé. Rarement exposé à une telle lecture à haute voix, j'ai dû faire un effort pour améliorer ma diction et le ton de ma voix. Élise a donné la réplique à Valère et c'était parti. Chacun de nous avait le texte au complet, mais seulement le texte de son personnage était en caractère gras. Nous pouvions ainsi suivre l'action et intervenir au moment opportun. Certains d'entre nous n'avaient pas le français comme langue première. Ils ont fait preuve de courage et se sont bien débrouillés malgré les subtilités de notre langue.

L'avarice est illustrée de multiples façons dans cette pièce de théâtre. Non seulement le père avare est-il mesquin envers sa fille Élise, mais il est de surcroit très vaniteux. Valère, l'amant d'Élise a le beau rôle. Tout en faisant la cour à Élise, il sait glorifier son père et tourner son avarice en apparence de talent dont il peut être fier.

La bibliothèque ferme ses portes à vingt-et-une heure alors nous avons dû interrompre l'action après le troisième acte. Ces quatre-vingt-dix minutes avec Molière ont filé si rapidement que j'ai hâte de continuer. La présence des résidents pour ces lectures est selon la disponibilité de chacun. J'espère que nous serons tous présents la prochaine fois pour vivre ensemble la conclusion de cette captivante histoire.

Première voiture

Sans pouvoir expliquer pourquoi, André se sentait obligé d'aller voir de lui-même. Tout en poursuivant ses études, il cumulait les emplois et limitait ses dépenses afin d'amasser le montant nécessaire pour s'acheter une première voiture. Ses amis ne partageaient pas son engouement pour ce projet. La plupart gaspillaient leurs économies sur de la bière et des cigarettes. Mais dans un tournoi de ping-pong à l'école, il a rencontré Marc contre qui il a perdu en finale. Invités par le professeur qui a organisé le tournoi, ils sont tous allés au restaurant pour fêter avec les six finalistes.

André n'en croyait pas ses oreilles. Durant le repas, Marc ne cessait pas d'énumérer tous les endroits qu'il souhaitait visiter. Il avait beaucoup lu à la bibliothèque et même dressé une liste des sites à voir dans chaque ville. Trop anxieux pour attendre plus longtemps avant de voir le monde, André a laissé ses études collégiales pour travailler à temps plein. Dès que son employeur a confirmé sa permanence, André a acheté sa première voiture. C'était une vieille Volvo en mauvais état, mais pas cher et surtout d'un superbe rouge éclatant. Une fois remise en état de marche et plus sécuritaire, il s'en servait pour aller au travail. Un de ses confrères de travail conduisait une Volvo lui aussi et il le conseillait pour l'améliorer.

Marc pour sa part, est sagement demeuré au collège pour ensuite faire des études universitaires. Mais l'été venu, il ne s'est pas fait prier pour accompagner André, qui partait à l'aventure dans sa vieille Volvo rouge. Leurs maigres économies ont servies à partager le coût de l'essence et ils ont mis le cap sur la ville de Québec. De Montréal, ils ont longé le fleuve Saint-Laurent en circulant lentement pour bien voir une enfilade de jolis villages pittoresques. En fin de journée, il a plu abondamment. C'est alors qu'ils ont constaté que le plancher rouillé de la Volvo laissait entrer l'eau. André devait se méfier, car lorsqu'il freinait, une vague d'eau arrivait du plancher surbaissé à l'arrière pour lui glacer les talons. Réfugié sous le portique d'un hôtel de luxe à Trois-Rivières, c'est avec une éponge qu'ils ont pu retirer l'eau accumulée et décidé de ne plus rouler sous la pluie.

Après une bonne nuit de sommeil dans la voiture, conformément à leurs moyens, le soleil a fini de sécher leur cocon et il rayonnait toujours pour leur arrivée dans la vieille capitale. Ils y ont passé quelques jours, fiers de leur liberté pour découvrir le monde. Ce fut leur premier et mémorable voyage, précurseur d'une belle vie et toujours à l'affut de nouveaux horizons.

Écrire

Écrire pour le plaisir d'écrire! Voilà la sensation que je ressens ce matin. À défaut d'avoir un correspondant avec qui je partage cette passion, j'écris pour écrire. Puisque je m'y adonne assidument et que mes écrits s'accumulent, je me dis que ce serait possible d'en faire publier. Les magazines que je lis régulièrement ont été mes premières cibles. Par leur site internet, j'ai trouvé l'adresse courriel du responsable du courrier des lecteurs. La plupart n'ont pas répondu à ma proposition. Ceux qui m'ont écrit me remercient, mais ne voyaient pas d'intérêt pour mes textes.

Pourtant, mon entourage aime bien mes courts récits d'environ trois cents mots. Alors j'ai contacté quelques éditeurs. Les plus faciles d'accès sont en évidence sur internet. Leur réponse est rapide et encourageante. La publication de mes textes les intéresse, mais à mes frais. Il est évident que l'auteur doit leur verser des milliers de dollars pour qu'ils impriment quelques centaines de livres. En vérifiant auprès de mes amis écrivains, ils me mettent en garde, car ces offres sont souvent des attrapes. Une fois les premiers montants versés, d'autres montants sont exigés pour améliorer la publicité ou pour toute autre raison. Ayant déjà payé une somme appréciable, l'auteur se sent obligé de payer à nouveau pour optimiser sa mise. Les statistiques le prouvent, très peu d'auteurs vivent de leur écriture.

Reste que je trouve cet exercice assez sain pour le continuer. La majorité des romans et des films qui nous sont offerts sont remplis de violence et d'armes. Pourtant, nous souhaitons tous une vie saine et heureuse. Alors, pour compenser, je m'assure que mes textes sont exempts d'armes et de meurtres. La surprise, la comédie, les voyages et la nature me fournissent amplement d'inspiration. Cette liberté et surtout cet état d'âme éloigné du drame sont, faut-il se le rappeler, très éphémères. Des millions d'individus ont en ce moment même, un vécu tellement dramatique alors, pourquoi en rajouter? Pourrais-je leur laisser entrevoir des jours meilleurs en leur offrant des pensées plus sereines? C'est ce que je souhaite à tous et qui me motive chaque jour alors que je choisis quoi écrire.

Renaissance

Cette mystérieuse force qui anime tous les feuillus, surprend lorsqu'on s'y attarde. Une observation intense n'est toutefois pas requise. Son évolution est remarquable de jour en jour, mais surtout lorsque les astres sont alignés correctement. Sa venue est rassurante. Si son arrivée avait tardé quelques jours de plus, nous aurions pu penser qu'ils aient succombé durant leur dernière période de repos.

Pendant ce temps, d'autres de ses congénères n'ont que faire d'une quelconque dormance. Peut-être admettront-ils qu'ils limitent leur expansion par période de grands froids. Mais ils sont beaucoup trop fiers pour se mettre à nu comme les autres. Jamais ils ne se laisseraient voir sans leur apparat distinctif. Lors de fortes tempêtes de neige, ils s'en laissent charger d'une impressionnante quantité. Mais leur beauté est quintuplée lorsque le soleil revient faire briller leur nouveau revêtement. Toute cette exubérance masque bien leur progression personnelle. Cette étape est moins contrastante alors, on la sous-estime. Pourtant, elle aussi est ajustée sur un horaire semblable et se trouve affectée si elle demeure trop longtemps ombragée. Ses voisins qui sont en plein soleil montrent vite leur avantage et par leur tête qui surplombe les autres, augmentent leur prédominance.

Soudainement, en quelques jours, ces derniers passent quand même en second plan. Leur présence se transforme en fond de scène pendant que le centre d'attraction passe au revenant. Tel un enfant prodigue, le retour de la vie semble paraitre sur leurs membres dégarnis. Chaque matin, un peu plus de verdure se permet de poindre. Cette progression est exponentielle à mesure que les journées s'allongent. Le soleil devenu plus chaud permet enfin l'apparition des bourgeons. Ils grossissent presque à vue d'œil puis finissent par éclater et laisser sortir une petite feuille. Son déploiement nous en met vite plein la vue et confirme une rassurante renaissance.

Rouki

Rowan a hérité d'un chat. Lili son amie, qui habite juste derrière chez elle, s'en va vivre au Brésil, car son père doit s'y rendre durant deux ans pour son travail. Ce chat connaissait bien Rowan puisqu'il était en garde partagée. Elles l'ont nommé Rouki après plusieurs jours de recherche. Ce gentil petit chat roux devait pourtant appartenir à un voisin. Après l'avoir montré à tous dans le quartier sans trouver sa maison, elles se sont résignées à devoir le garder. Puisque Lili et Rowan voulaient toutes les deux garder Rouki chez elle, la garde partagée est ce dont elles ont convenu.

Heureusement, la cour arrière de la maison de Rowan donnait sur la cour arrière de la cour de Lili. Un petit espace dissimulé sous la haie de cèdres permettait le passage secret. Elles l'ont emprunté des centaines de fois, évitant ainsi la route achalandée devant leurs maisons. Lili est très triste que son demi-chat ne puisse pas l'accompagner au Brésil. Le petit logement de ses parents à Sao Paulo aurait rendu Rouki trop malheureux.

De toute façon, Lili a découvert récemment que Rouki trichait. Lorsque c'était sa semaine de garde, Lili a aperçu Rouki rampant ventre à terre jusque sous la haie. Déçue de constater son absence, elle l'a suivi sous la haie. Munie de ses jumelles Lili a bien ri en voyant Rouki se dandinant sur les pattes arrières. Il était étiré de tout son long pour voir par la fenêtre du salon, Rowan jouer du piano. Ses pattes arrière se déplaçaient au rythme de la musique. Avec son appareil photo, Lili a pris des photos de Rouki afin de montrer ses prouesses à son amie Rowan. Mais les deux amies ont été encore plus surprises quelques jours plus tard. Revenant à la maison avec Lili, Rowan a entendu quelqu'un jouer du piano. Elles ont regardé discrètement de l'extérieur de la fenêtre du salon et bien vu Rouki qui jouait divinement du piano. Il avait si souvent observé les pratiques de Rowan qu'il jouait les notes avec ses pattes arrière pendant que ses pattes avant gardaient son équilibre et tournaient les pages. Le père de Lili a été si impressionné qu'il a quitté son emploi du Brésil et va plutôt devenir agent d'artiste pour Rouki. Rowan et Lili sont devenues les premières amies de Rouki qui en compte maintenant des millions sur Facebook. Et les concerts de piano à deux mains et deux pattes de Rowan et Rouki font salle comble.

Tennis amical

Comme par magie, on se retrouve quelques fois par semaine. Chacun arrive avec son bagage de vie personnelle. La majorité d'entre nous sont mariés depuis longtemps et comptent plusieurs enfants et petits-enfants. Certains cherchent un emploi, mais la plupart ont un travail très exigeant ou sont retraités. Peu importe, car dans notre club, les membres sont tous égaux et se saluent par leur prénom. Afin de se retrouver pour jouer en double au tennis, tous ont promis de se rendre disponibles ou de se faire remplacer sans faute chaque mercredi et vendredi matin.

Werner avec qui j'ai eu quelques conversations très joviales est ingénieur industriel. Spécialisé dans la mise en marche de machines à fabriquer du papier, il a voyagé et vécu partout dans le monde. Venu de Suisse, il habite notre quartier depuis vingt ans. Tony nous fait beaucoup rire. Une farce n'attend pas l'autre et lui vient tout naturellement de son travail en marketing au Journal de Montréal. Il est maintenant retraité, mais son épouse Maria est encore guide touristique. Elle est originaire du Mexique et parle l'espagnol, le français et l'anglais. Norman est un gestionnaire financier qui a vécu longtemps en Europe alors qu'il implantait les bureaux de l'entreprise comptable qui l'employait. Lors d'un séjour en Autriche, il a rencontré Adi avec qui il est marié depuis 42 ans. Championne de natation, elle nage durant une heure chaque matin et joue souvent au tennis. Marcel, ingénieur en informatique, est spécialisé dans la détection de fraude en sinistre. Pour son 40e anniversaire de mariage avec son épouse Michèle, ils préparent un voyage d'un mois en Italie. Yves est architecte et enseigne à l'université McGill. Charles est originaire du Kenya et il a travaillé surtout comme météorologue.

Mais quand on se retrouve au Club, nous laissons tous ces bagages de vie au vestiaire. Nous arrivons tous avant neuf heures. En arrivant au club, on se joint à trois autres membres pour jouer en double. Le plus jeune d'entre nous doit être David qui a 55 ans. Le plus âgé est peut-être Phil qui a 83 ans. La plupart jouent au tennis depuis tellement d'années qu'ils sont très talentueux. Entre les parties, on en profite pour échanger quelques anecdotes. Ayant convenu de jouer trois manches, nous changeons deux fois de partenaire pour ainsi équilibrer le jeu tout en augmentant sa diversité. Puis à la fin, on se retrouve sur la terrasse du club, autour de bières fraiches pour rire un peu et régler tous les problèmes du monde.

Qui Veut Peut

Ce proverbe a engendré une simple idée qui a souvent mené à autant que faire se peut. Malgré de multiples embuches, mais fort de cette idée, c'est en 1663 que le sulpicien François d'Urfé fonde une paroisse, maintenant devenue la Ville de Baie-D'Urfé. Surtout colonisées par des fermiers, les terres riveraines de George Edward Fritz sont achetées dc sa succession par la Ville en 1979. Les élus de la Ville dédient la maison de Fritz et ses terres à un usage communautaire. Maintes fois, la Ville a refusé de vendre ces espaces à des promoteurs voulant y bâtir de multiples propriétés privées.

Baie-D'Urfé, ne comptant que 3,900 habitants en 2016, des entreprises privées pourraient difficilement rentabiliser des installations sportives privées. Le secteur est tellement agréable que plusieurs résidents collaborent bénévolement et rendent possibles plusieurs activités sociales. Le conseil de ville a été encouragé par ces vaillants voisins pour construire depuis des décennies, des installations sportives, sociales et communautaires. Sur des petites portions de la ferme Fritz, se trouve maintenant une bibliothèque, une piscine, le centre communautaire, un club de curling, un club de tennis et un club de voile.

Vieillir localement est le but ultime de ces bénévoles. Ils habitent des maisons devenues trop grandes pour leurs besoins de retraités. La quitter est hors de question, car ils aiment tellement le secteur. Les habitations alternatives plus petites qu'ils ont considérées ou visitées sont surtout des condos dans des quartiers plus densément peuplés, plus bruyants et plus coûteux que de vivre dans leur maison aussi longtemps qu'ils le pourront. Avec les années, ils deviennent à court de liquidités, retardent de réparer la toiture, le trottoir, les fenêtres et le paysagement. Plusieurs de ces maisons tombent dans un état de décrépitude alors la Ville se devait d'offrir une solution.

Comptant à nouveau sur le proverbe Qui Veut Peut, la Ville a trouvé une façon d'aider ses vaillants résidents. Choisissant un secteur discret de la vaste ferme de Fritz, la population a accepté que le zonage de cet espace soit changé de son statut de parc afin de permettre la construction d'un édifice de vingt-quatre logements. Cette bâtisse n'obstruait pas la vue des voisins de cette zone et cette structure basse de deux étages ne leur créait pas d'ombre. Nommé le Club-D'Urfé, cet emplacement permet de vivre à quelques pas des installations communautaires que ces bénévoles ont tant aidé à créer et continuent d'en profiter. Ces retraités peuvent maintenant louer un des vingt-quatre logements de 1 600 pi^2 avec trois chambres et, vendre leur maison. Dans la plupart des cas, les intérêts sur le capital libéré par la vente de leur maison aident à payer le loyer. Ils peuvent maintenant s'offrir du bon temps sans devoir s'inquiéter des réparations de leur maison. Puis lorsque leur état de santé exigera plus d'assistance, ils savent que la Résidence Maxwell sera très confortable et toute proche. En attendant, le Club-D'Urfé assure une retraite plaisante, même en hiver grâce à son atrium de 40 x 240 pieds enjolivé de plusieurs plantes. Il n'en tient qu'à la volonté du peuple et de l'utilisation judicieuse des espaces communautaires pour qu'il soit possible de mieux vivre et de vieillir à Baie-D'Urfé.

Croisière

C'est sans doute arrivé lors de vacances avec mon frère Paul. Durant cette année-là, nos carrières respectives nous accaparaient à un tel point qu'on ne se voyait plus. Tous deux fascinés par la voile au grand large, nous avons choisi une croisière au soleil sur un immense trois mats. Le navire quittait un port des Antilles. On s'y était rendus en avion, presque entre deux eaux, car nous nous étions bien arrosés de bon vin durant les six heures de vol.

Une navette nous attendait à l'aéroport et en peu de temps, nous étions à bord. L'enchevêtrement de cordages est ce qui m'a le plus impressionné en arrivant. Les voiles étant bordées, tous ces câbles semblaient excessifs. C'était comme des guirlandes décoratives pour les mâts dénudés. Logés dans la même cabine avec hublot à peine au-dessus de la ligne de flottaison, nous avons rangé nos bagages et nous sommes vite remontés sur le pont. Les quatre-vingts passagers étaient rassemblés pour déguster le punch de bienvenue offert par l'équipage. Les manœuvres de largage nous ont fait apprécier la dextérité des marins grimpés pour libérer les voiles. Avant de gagner le large, nous avons pu admirer l'île que nous venions de quitter. Elle semblait se trouver dans un mirage dissimulé par le soleil couchant.

Dans la grande salle à manger, les rencontres allaient bon train entre les vacanciers venus de partout dans le monde. La mer devait être forte, car le roulis faisait déjà verdir le teint de ceux qui n'avaient pas le pied marin. Plusieurs comme Paul et moi sommes allés nous coucher tôt, car nous voulions voir notre arrivée au port de La Havane, prévue à l'aube le lendemain. Personne ne nous avait avertis que la mer risquait de se déchainer. Je suis vite monté sur le pont en pleine nuit lorsque le navire a presque chaviré tellement il a tangué. Une poulie pendue au bout d'un cordage brisé est venue m'assommer dès mon arrivée sur le pont. Une vague déferlante a rendu le pont glissant et m'a projeté jusqu'au bastingage. Quelqu'un devait me faire un massage cardiaque lorsque je suis revenu en ce monde. Mais en ouvrant les yeux, j'ai semblé rassurer mon chat, inquiet de me voir tout en sueur et agité dans mon sommeil. C'est lui qui me piétinait la poitrine, comme il le faisait pour tirer du lait du ventre de sa mère. Et j'ai bien ri en apercevant la maquette du voilier Bluenose qui trônait fièrement sur le chambranle de la cheminée. Il m'a inspiré ce rêve alors que je m'étais assoupi sur le divan de mon salon.

Solange

Elle s'en doutait un peu! Depuis quelques jours, par intuition féminine, elle sentait plus d'effervescence dans son entourage. Son aplomb naturel s'était raffermi par sa carrière militaire. Solange a toujours eu la faculté de prendre rapidement la meilleure décision. Ce talent a d'ailleurs été confirmé lors de la fête organisée pour marquer ses vingt années de service. Plusieurs l'ont même nommée l'officière la plus appréciée du régiment.

Le colonel Potvin a profité de l'occasion pour annoncer la promotion de Solange. Elle sera la directrice générale du Collège Militaire Richelieu. Cette institution, qui a formé des officiers durant plus de soixante ans, était fermée depuis dix ans. Le gouvernement canadien a décidé de le rénover pour accueillir jusqu'à 30 000 réfugiés. Le vécu de Solange l'a bien préparé à relever un tel défi. En service actif de combat durant douze ans, elle maitrise quatre langues, ce qui l'a rendue encore plus efficace surtout lorsque postée en région éloignée du globe. Les nouvelles installations lui ont plu et elle a vite fait de bien s'entourer d'une équipe expérimentée.

Deux mois plus tard, Solange avait réussi à faire terminer les préparatifs et recevait les premiers réfugiés. Ils arrivaient avec peu d'effets personnels qui étaient entreposés de façon sécuritaire. Leurs vêtements en lambeaux étaient remplacés par un uniforme neuf et confortable qu'ils devaient tous revêtir. Ceci assurait aussi l'égalité de tous les arrivants, peu importe leur classe sociale, leur genre et leur religion. Dès neuf heures le matin, chacun devait se présenter dans son groupe d'âge et les familles se retrouvaient le soir. Les activités étaient adaptées à la météo, mais allaient du soccer à la natation pour les jeunes, la cuisine et la couture pour les mères, l'agriculture ou la mécanique pour les hommes.

Règlementés par la discipline militaire qui envoyait les trouble-fêtes au cachot, des délinquants ont été surpris de devoir subir ce même régime pour quelques jours. Le message fut bien reçu, car suite à ces séjours de réclusion, la majorité est rentrée dans le rang. Tous les réfugiés devaient résider sur place au moins trois ans afin de parfaire leur connaissance de nos us et coutumes. Vers la fin de cette période, le bureau d'emploi du collège arrivait à trouver du travail pour tous ces migrants. Solange était comblée de constater que son aide a permis à tant de gens d'enfin trouver le bonheur de vivre en liberté et d'avoir augmenté leur compétence dans un domaine leur permettant de devenir fièrement des citoyens exemplaires.

Monorail

Plusieurs lignes de câbles haute-tension transportent de l'électricité vers le centre-ville de Montréal. Les imposants pylônes de l'une d'entre elles, longent l'autoroute près de chez moi depuis plus de cinquante ans. Sans doute proche de la fin de leur vie utile, leur coût de remplacement sera sûrement très élevé. En faisant ce constat l'autre jour, j'étais au volant de ma voiture et très anxieux de suggérer une solution à Hydro-Québec qui possède ces câbles.

Ces pylônes sont dans un espace réservé entre l'autoroute et quatre voies ferrées parallèles. Le transport ferroviaire de matériaux est si intense et prioritaire qu'il ralentit et retarde les wagons de passagers. Alors le gouvernement a approuvé le budget permettant la construction d'une nouvelle voie ferrée réservée au transport de passagers dans un autre secteur. Mais le projet chemine difficilement, car plusieurs résidences et commerces doivent être expropriés de son tracé. Espérant qu'il ne soit pas déjà trop tard, j'ai écrit à Hydro-Québec. Sur le site internet de leur filiale Trans Énergie, j'ai pu leur transmettre mon idée. Une gentille évaluatrice agréée m'a vite répondu et invité à lui fournir les détails que voici :

Hydro-Québec est déjà impliquée dans le nouveau projet de train pour passagers, car il sera électrique. Il sera facile pour eux de suggérer que le train passe sur le corridor réservé aux câbles haute-tension. Pour ce faire, Hydro-Québec utilisera les pylônes du monorail suspendu de TrensQuébec. Ce monorail roulerait sur des rails qui serviraient simultanément de conducteurs haute-tension. Limités par leur proximité aux autres bâtiments, leur champ magnétique ne permettrait pas le transport d'autant de puissance que les câbles traditionnels. Tout de même, l'avantage d'y combiner le monorail suspendu dépasse grandement les autres inconvénients. Le nouveau train monorail suspendu serait ainsi localisé plus près de la population afin d'assurer son achalandage et une rentabilité optimale. Une fois cette technologie bien maitrisée, elle pourra être exportée dans toutes les villes du monde, car elle serait idéale sous tous les climats.

Tolérance

L'univers particulier de chaque individu est d'une diversité sans borne. La jeunesse affecte notre entrée dans le monde et peut infliger autant des avantages que des torts. Si par malheur son entourage est néfaste sur une longue période, l'enfant peut mettre des décennies pour s'en sortir. La vie adulte active nous submerge de défis et de responsabilités. Le marché du travail vient à son tour, nous former dans un créneau qu'on souhaite utile à la société.

Ce faisant, nous ajoutons inconsciemment ce lot de bagages acquis au contact de notre famille et de nos amis. Notre réseau vient s'étoffer de personnes avec lesquelles nous avons une relation assez importante pour se confier et demander conseil. Notre conjoint devient vite le pilier essentiel de notre existence. Une confiance mutuelle s'installe et permet plus d'aplomb en affrontant la vie. L'aptitude au compromis reste un élément qui doit bien sûr s'ajouter à l'amour. Le couple devient une nouvelle entité qu'on s'engage à défendre en permanence. Un équilibre s'installe dans les responsabilités de chacun afin d'atteindre le mieux-être optimal. La course folle du quotidien avec les enfants en bas âge ou au travail, force à s'attarder seulement à l'essentiel. Les réparations ou la décoration de la maison viennent trop souvent accaparer les soirées et les congés. Tout ce cirque ralentit et se métamorphose avec l'arrivée de la retraite.

Habitué à tant d'activité, chacun commence par chercher de quelle façon occuper tout ce temps libre. Le couple doit se redéfinir, car son emploi du temps est bouleversé. L'espace de vie qui n'était partagé que pour quelques heures par jour le devient en permanence. Mais le critère le plus sollicité dans le couple devient la tolérance. L'environnement immédiat du quotidien reçoit dorénavant toute l'attention. Chaque jour, les premières années de retraite imposent de nouveaux compromis. Ces défis donnent l'impression que chacun devient plus intolérant avec l'âge. Un danger nous guette, car nos proches subissent la même transformation. Leur opinion a tendance à contenir des vérités qu'on n'aime pas entendre. Il faudrait alors avoir la sagesse d'en discuter avec eux plutôt que de s'en éloigner. Sinon nous resterons avec de mauvaises habitudes ignorées poliment par des gens qui nous côtoieraient le moins souvent possible, se limitant eux aussi à de la tolérance.

Pétition

Puisque c'est l'intention qui compte, encore faut-il savoir pour qui? L'interprétation par autrui de notre geste ou de notre idée, peut aller dans tout autre sens que celui de notre objectif. Ce nouvel événement vient s'imbriquer dans la muraille du récepteur, selon qu'il est plus ou moins réceptif. Malgré nous, la vie nous emballe sous une carapace très particulière.

Maurice aime brasser des idées. Même sachant que la plupart ne pourront pas se réaliser, il s'amuse à les élaborer. Partant du constat qu'un problème offre souvent une opportunité, son cerveau relève le défi. Sans même chercher, chaque semaine en offre au moins un nouveau. C'est à cause d'une pétition qu'il s'est activé récemment. Des résidents de sa ville ont amorcé cette démarche, débutée par un conseiller municipal. Il avait voté contre une résolution du conseil qui autorisait des travaux évalués à 450 000 $. Il espérait recueillir assez de noms de citoyens opposés au projet pour que le conseil revienne sur sa décision. Maurice a reçu un courriel de ce groupe l'invitant à voter pour le rejet du projet. Leurs arguments étaient valables, mais mal fondés. Maurice a considéré ses options et il a écrit à ses amis pour obtenir leurs opinions.

Afin de bien se renseigner, Maurice s'est rendu à la prochaine réunion du conseil de ville. Plusieurs citoyens qui avaient signé la pétition contre le projet étaient présents. Chacun s'est levé à la période des questions pour signifier son désaccord et questionner le maire à sa façon. Maurice fut le dernier à prendre la parole et il a fait un résumé positif de la situation qui fut apprécié par la majorité de l'auditoire. Selon lui, il était évident que le problème avait été causé par un manque d'information. Ces travaux essentiels exigeaient la démolition et la reconstruction très coûteuse d'infrastructures de drainage. Maurice a publié un communiqué à être publié par les médias, mais il l'a retiré. Le maire lui a demandé personnellement cette faveur, car dans son message mensuel à la population, le texte du maire comprenait l'information suggérée par Maurice. C'est ainsi que l'intervention de Maurice a porté fruit et aidé à remettre l'harmonie dans la communauté.

Flore

Rien ne laissait présager un tel dénouement. Les astres avaient dû s'aligner de façon particulière. Les nuages effilochés par de fortes bourrasques semblaient se déplacer à reculons. Au lever du jour, chaque matin, les oiseaux chantent à tout rompre et leur sert de réveil, mais pas ce matin. Sauvé par son horloge biologique, Luc s'est réveillé machinalement à 6 h 38 pour tout de suite se précipiter sous la douche.

Claire travaille de la maison et dort toujours solidement jusqu'à 7 h 30. La traduction de textes pharmaceutiques pour une société allemande se fait à domicile. Toutefois elle doit être en lien internet avec son équipe de 8 h 30 à 17 h. Luc a pris seul son petit déjeuner et sans bruit pour la laisser dormir. C'est en l'embrassant juste avant son départ à 7 h 30 qu'il l'a réveillée. Peu après il s'est enfilé dans le trafic ralenti sur l'autoroute. Ce défilé quotidien en voiture dure environ 30 minutes chaque matin. Sa profession d'ingénieur l'implique dans la conception de structures de bâtiments de plus en plus complexes. Il doit se rendre surveiller plusieurs chantiers aux quatre coins de la ville. Au volant de sa voiture, il profite de sa solitude pour préciser des hypothèses. Mais ce matin, le ciel attire son attention. Les autres conducteurs sont aussi intrigués que lui et louvoient de manière inquiétante. Tous ces gens, comme les oiseaux, sont alarmés instinctivement par un danger imminent. Luc, de plus en plus angoissé, cherche en écoutant la radio si un communiqué explique le phénomène.

Un des animateurs vedettes d'émission matinale discute avec plusieurs experts. Le principal chroniqueur météo a interrompu ses vacances estivales pour analyser la situation. Selon lui, tout s'explique par les feux de forêt dans l'ouest du Québec. Ces incendies se sont ajoutés à ceux qui font rage dans le nord de l'Alberta depuis plusieurs semaines. L'oxygène consommé par ces incendies a créé un semblant de vide qui siphonne les nuages et l'air des autres régions. Les gens qui, comme Claire et Luc, vivent près de plusieurs arbres ne sont pas incommodés autant. Mais les gens vivant dans des centres urbains avec trop peu de végétation commencent à manquer d'oxygène. Les cliniques d'urgence ont distribué des inhalateurs de soutien à plusieurs patients. La pluie tant attendue est venue éteindre enfin les feux. Mais les banlieusards n'oublieront pas la sécurité intrinsèque de la flore environnante. Le microcosme créé par les gros arbres feuillus a amoindri considérablement leur possible suffocation. D'un commun accord avec les voisins, ils ont planté plusieurs arbres et ils vont dorénavant toujours soutenir un immense respect pour la flore.

Opinion

La tête pleine d'idées, mais sans rien de valable à écrire! Pourtant l'intention est assez forte pour que j'affronte tout de même l'inconnu. L'insignifiance me guette au détour, mais je m'en fais une adversaire que je prends plaisir à défier. Trier toute cette matière me stimule à chercher le filon qui mènera mon propos à bon port. Je vois venir justement une belle vague sur laquelle je peux surfer au gré du courant. Une direction m'est subtilement donnée venant d'une profondeur que je sollicite souvent.

On me dit que j'ai la chance d'être d'une lignée douée d'une plume facile. Je puise presque chaque jour à ce bon fond avec gratitude. Ma mère a été trop accablée par la maladie pour développer le plaisir d'écrire et mon père est décédé trop jeune. Mais leurs histoires drôles et leurs promptes réparties ont toujours fait rire leur entourage. Dans la famille de ma mère, plusieurs écrivent beaucoup. Deux de ses frères étaient journalistes et quelques cousins et cousines ont publié de nombreux livres.

Le rythme ralenti de ma vie de retraité m'expose plus aux actualités diffusées par les médias. Alors que mon passé de travailleur m'occupait souvent à outrance, je n'ai jamais accordé du temps à commenter le quotidien. J'apprends à développer mes opinions sur ce qui bouleverse le monde. Mon jugement inexpérimenté est souvent erroné. J'ai confiance qu'en m'y exerçant, comme pour un sport, en venir à l'améliorer avec l'usage.

Les guerres, les famines et les désastres naturels me préoccupent au plus haut point. Mon opinion sur ces sujets est à la merci des médias qui nous les rapportent. Souvent hors de ma portée, je m'attarde plus à ce qui se passe dans mon milieu. Le problème local des chiens Pitbull que la ville de Montréal veut bannir attire mon attention. Une dame est morte récemment, attaquée par le Pitbull enragé de son voisin. Je pense que tous les chiens et autres animaux dangereux devraient être bannis des zones résidentielles. De plus, pourquoi ne pas imposer le port d'une muselière à tous les chiens circulant sur l'espace public? Qui veut risquer de perdre un doigt en allant flatter un petit chien en laisse qu'il croise sur le trottoir? Mais cette proposition est loin d'être adoptée, car les propriétaires de chiens votent massivement pour le candidat qui soutient leur opinion alors que le reste des votes est dilué entre les autres candidats. Comme il est décevant de constater que la société protectrice des animaux a souvent préséance sur la société protectrice des humains.

Aquatique

C'est par un adon des plus surprenants qu'elles se sont rencontrées. Toutes deux souffrant d'arthrose, les exercices dans une piscine devenaient une des rares activités physiques possibles sans empirer leur cas. Le centre aquatique de Pointe-Claire n'est pourtant pas près de leur demeure. Chacune doit parcourir 20 km pour s'y rendre, séparément car elles arrivent de secteurs opposés de la région.

Cette piscine de format olympique est la seule de cette envergure dans la région ouest de Montréal. Le cours d'aquaforme est si couru qu'il est contingenté. Annoncé une semaine à l'avance, c'est par internet qu'on doit s'inscrire à partir de 19 heures à une date précise. Une fois branché sur ce site, on nous informe de notre rang en file d'attente. Sophie était la 62e alors qu'il n'était que 19 h 5. Des préposés à l'aide d'un serveur de données devaient traiter les demandes activement, car chaque minute, Sophie voyait son rang diminuer. À 19 h 18 ce fut sa chance de s'inscrire et de payer le forfait de son choix. Heureusement qu'elle n'a pas tardé, car il n'y avait que cent places. À 20 heures, elle a vérifié et le site indiquait que c'était complet.

Maintenant engagée à s'y rendre trois fois par semaine, Sophie a libéré tous ses lundis, mercredis et vendredis de tout possible contretemps. Ce n'est qu'une heure, de onze heures à midi, mais elle s'assure d'être libre deux heures avant et après. De cette façon elle se prépare tranquillement et reprend son souffle après, sans stresser. Cent personnes dans une piscine c'est impressionnant la première fois. Vite, chacune sait se distancer pour éviter de frapper l'autre en bougeant. Réjeanne est la monitrice pour ce premier lundi. Elle fait les mouvements hors de l'eau au bord de la piscine et crie ses instructions pour être bien entendue. Gare à ceux et celles qui jasent, car Réjeanne veut être la seule qui parle. À bout de souffle après trente minutes d'efforts continus, Sophie a souri à sa voisine Carole qui l'avait saluée en arrivant. Sophie a beaucoup aimé ce groupe. Les participants y arrivent et en repartent en vitesse pour vaquer à leurs autres occupations. Mais Sophie et Carole se gardent toujours quelques minutes pour jaser entre amies aquatiques.

Brouette

On s'en fait toujours une montagne difficile à franchir. À force d'en discuter régulièrement depuis quelques années, nous avons finalement trouvé le courage d'agir. Nos amis avaient des opinions très différentes sur le sujet. En pesant le pour et le contre de chacun, nous avons finalisé notre choix. Mais des rumeurs ont retardé notre démarche. Plusieurs disaient que la municipalité donnait du compost. Mais il n'en restait plus et de toute façon, la quantité dont on avait besoin était trop importante.

Alors, notre montagne anticipée a été livrée un mercredi du début d'octobre en après-midi. Un gros camion de douze roues a basculé son immense benne pour vider un beau tas de terre meuble. On nous avait vanté sa composition d'un mélange de terre tamisée, de mousse de tourbe, de fumier de vache et de compost forestier. En attendant sa venue, j'ai tondu la pelouse et ramassé le gazon. Il fallait maintenant enlever les pissenlits et autres mauvaises herbes. Mon épouse et moi nous y sommes acharnés durant quelques heures. Tous deux vite éreintés, nous nous sommes limités à l'essentiel. Armé de ma brouette et d'une grosse pelle plate, j'ai attaqué la montagne. Cette difficile corvée vient surtout nous accabler à l'usure. Mais la terre est belle et je m'encourage en prétendant qu'elle est du sable que je transporte sur la plage pour construire des châteaux.

En fin d'après-midi, j'ai atteint le sommet. J'avais déjà transporté une centaine de brouettées que j'avais vidées à chaque mètre carré. Si bien que notre terrain semblait parsemé de petits volcans. Le lendemain matin, j'ai poursuivi mes allers-retours et complété ce transfert de terre avant midi. C'est avec un râteau que j'ai nivelé le tout pour ensuite semer. En utilisant un râteau plus léger, j'ai fait pénétrer la semence dans la terre et fini de niveler le parterre partout. La pluie est arrivée un peu plus tôt que prévu. J'ai dû terminer ce terrassement sous une pluie fine, mais juste à temps, car une pluie plus soutenue est venue donner vie à la semence. L'automne avec ses journées pluvieuses plus fréquentes nous évite de devoir arroser en surplus. L'enracinement des nouveaux brins d'herbe se poursuivra avant les grands froids de décembre nous permettant d'espérer une belle pelouse au printemps prochain.

Drain

Puisque la réalité ne montre aucune gêne à souvent dépasser la fiction, on se permet d'exagérer comme pour la défier. Les coïncidences se multiplient à un point tel que l'on cherche la personne qui a subtilement si bien orchestré les événements qui s'enchainent. À défaut de pouvoir en remercier un être suprême, on se dit que c'est tout de même un agréable adon.

Le mauvais sort qui était conjuré par les sorcières d'une autre époque est rapporté exhaustivement par les livres d'histoire. Force est de constater la suprématie médiatique de la misère humaine sur celle de son bonheur, jugé plus terne et moins vendeur. À preuve, il faut faire un effort particulier pour relater de façon intéressante une nouvelle qui n'est pas dramatique. Un bel exemple serait d'annoncer la naissance de Marc, le troisième enfant qui s'ajoute aux deux filles de Jeanne et de Raymond. Elle a mis en veilleuse sa carrière de pharmacienne pour se consacrer à ses enfants. Ses grossesses ont toujours été relativement plaisantes. Raymond, plombier de son métier, est parmi les plus expérimentés de la région et c'est par nécessité qu'il doit être bien rémunéré pour soutenir sa famille.

Le tout-à-l'égout presque excessif de notre société a laissé Raymond, songeur sur plusieurs chantiers. Son génie pour la performance des drains lui a permis de concevoir un nouveau procédé. Appuyés par les connaissances de Jeanne sur l'osmose des amphétamines, ils ont mis au point un système révolutionnaire. Enfin les médias vont faire la Une avec une bonne nouvelle. Jeanne et Raymond posent fièrement en première page avec leurs trois enfants. Devant eux est exhibé le 'Drain Star'. Installé à peu de frais sur l'égout principal d'une résidence, il convertit tous les rejets en engrais liquide qui irrigue les pelouses. C'est suite à cette importante visibilité que la NASA a fait venir la petite famille à Cape Canaveral en Floride. Raymond a adapté son invention qui permettra la culture de légumes dans la serre de la nouvelle station spatiale sur la planète Mars. Espérons maintenant que la réalité génèrera une invention encore meilleure, dépassant même l'exploit que cette fiction propose.

Train

Roger est ingénieur en mécanique chez Hydro-Québec. Il entame sa vingtième année au service de cette entreprise et adore son emploi actuel. Les autres postes qu'il a occupés dans différents départements lui ont permis d'apprécier encore plus ce qu'il fait maintenant. Au sein d'une dynamique équipe d'ingénierie multidisciplinaire, il conçoit et améliore les installations de production hydro-électriques. Roger a beaucoup fait progresser la performance des turbines et une dizaine de ses procédés sont brevetés.

Sa créativité effervescente l'a mené récemment dans un nouvel univers. Faute de transport en commun efficace, il a toujours pris sa voiture pour se rendre au bureau. Mais la situation devenait infernale. Des travaux sur des viaducs encombrent plusieurs voies de l'autoroute et le nombre de voitures augmente sans cesse. Un nouveau train de banlieue plus moderne est maintenant en service. Abandonnant sa voiture, c'est à contrecœur que Roger se met en rang avec ses voisins sur le quai de la gare à 6 h 30 tous les jours depuis trois semaines. Son trajet en train dure quarante-sept minutes presque chaque matin. En voiture c'était environ la même durée, mais certains matins s'allongeaient parfois jusqu'au double. Heureusement pour lui, il monte à bord du train alors qu'il y a toujours encore quelques places assises disponibles. Mais au plus trois arrêts plus loin, tous les nouveaux arrivants doivent rester debout.

Dès le début, la diversité des passagers du train l'a fasciné. Les visages et les physiques ont tous une physionomie un peu différente. Il a commencé à prendre des notes et écrire des idées influencées par ses impressions. Les conversations qu'il entendait malgré lui l'ont propulsé dans la fiction. Au bout de quelques jours, l'ébauche d'une histoire prenait forme. Il avait hâte de terminer sa journée de travail pour s'y replonger sur le chemin du retour. Tellement immergé dans cet imaginaire, il a oublié de débarquer du train à deux reprises et il a dû revenir chez lui en taxi. Son premier roman s'achève et il accumule déjà des idées pour son deuxième, toujours en train.

Plaire

Avec le temps, je remarque l'importance de plaire pour vivre heureux. D'abord, je dois accepter que le corps qui me porte me soit imposé. J'ai tout intérêt à le maintenir en ordre sans quoi je serai le premier à en souffrir. À moins de vivre en permanence dans un club de nudistes, c'est surtout les vêtements qui peuvent en dissimuler les imperfections. Alors je me dois d'y consacrer assez de temps et de moyens pour me donner une allure plaisante pour moi et pour mon entourage.

Cette carcasse que l'on habite peut donc s'enjoliver à volonté. Selon l'étape de notre vie, elle va différer considérablement. Dans mon cas, ce fut d'abord par l'uniforme du pensionnat où j'ai débuté mes études. Ensuite à l'école publique, j'ai vite appris qu'il valait mieux suivre la tendance vestimentaire de la majorité, car les jeunes ont la moquerie blessante facile. Puis le travail vient à son tour nous dicter la tenue appropriée. Reste à s'ajuster selon la nécessité de porter ou non des verres correcteurs. Obligatoires pour plusieurs, certains vont en porter juste pour se donner un genre. Pour les femmes, le maquillage devient un art assez complexe et trop souvent exagéré. La coiffure est sans doute la plus difficile à maintenir. Encore faut-il avoir des cheveux! La calvitie vient compliquer la vie aussi bien des hommes que des femmes. Plusieurs hommes règlent le problème en arborant fièrement un crâne luisant. Les femmes vont rarement à cet extrême et plusieurs préfèrent porter les cheveux d'une autre.

Il est tout de même impressionnant de constater que toute cette mascarade n'est que superficielle. Certains tombent pourtant très bas dans l'estime de soi et en viennent à rabâcher leurs déboires, espérant ainsi obtenir notre pitié pour leur état déprimant. Par contre, d'autres qui sont affublés des pires lacunes physiques brillent par leur attitude. Armés d'un sourire invitant, ils sont aimables dans toutes leurs conversations. Maîtrisant l'écoute de l'autre, ils vont savoir rassurer et amuser leur auditoire en toutes circonstances. Plus que dans un miroir, c'est dans le regard de l'autre qu'il faut d'abord se plaire.

Dormance

Un gros érable âgé de plus de cinquante ans meuble ma perspective matinale. Insensible à ma présence ou à celle de ceux qui m'ont précédé, il semble poser pour la postérité. Son tronc massif d'un mètre de diamètre porte plusieurs fortes branches érigées tel un panache dénudé en ce début de printemps québécois. Sachant que plusieurs de mes semblables ont la scie facile, il surveille sans doute d'un œil soucieux tous nos ébats autour de lui.

L'hiver a été long et sournois. La météo est souvent passée de fortes pluies durant quelques jours, suivis par d'abondantes bordées de neige ou de pluie verglaçante juste après. Mais notre érable en a vu d'autres et de bien pires. En janvier, du verglas est venu l'orner durant une semaine et a brisé ses branches les plus faibles. Cet épisode lui a rappelé le verglas qui avait duré un mois et forcé plusieurs résidents à vivre dans des refuges. Leur maison sans chauffage était devenue inhabitable et gelée.

Il est muni d'une boussole naturelle bien en évidence sur lui. C'est ainsi que sa face nordique est teintée de mousse verdâtre. Elle est encore plus visible en cette période de dormance pour tous les feuillus. Un nouveau petit arbuste conifère décore son pied-à-terre depuis un an. Tel un pompon vert sur son soulier, ils semblent se soutenir aimablement. Un tapis de feuilles mortes recouvre la surface de sol encore gelé. L'abondance de pluie et le dégel imminent finiront de les décomposer en compost nourricier.

Plusieurs branches brisées sont éparpillées sur la pelouse et dans les arbustes. Ce désordre naturel nous rappelle que c'est ainsi que la forêt se régénère. Notre présence imposée doit être soutenue, car la nature veut constamment reprendre sa place. On le voit bien lorsqu'une maison est abandonnée. Des arbres ne tardent pas à passer au travers du toit effondré et la vigne recouvre toute la structure dès l'été venu. Malgré un semblant d'allure délabrée, cet érable soutient fièrement mon regard tel un soldat sûr de lui. Il n'a que faire de la comparaison facile qu'on peut faire avec la végétation luxuriante qui a baigné notre séjour hivernal en Floride. Sous peu, sa sève fera exploser des milliers de bourgeons et son couvert feuillu estival n'aura rien à envier aux rameaux des palmiers sudistes.

Printemps

Ce n'était pas une journée comme les autres. Réveillé subitement par un soleil ardent qui s'est sorti des nuages dès 6 h 33 en ce matin d'avril. Enfin, nous étions débarrassés de la grisaille qui s'était imposée depuis cinq jours. Deux jours de pluie abondante entrecoupée de nuages menaçants avaient écrasé son moral au plus bas. Quelques flocons et du gel nocturne semblaient vouloir recommencer l'hiver.

Malgré son jeune âge, il se souvenait qu'une période de chaleur estivale devait suivre cette étape hivernale. Quelques congères persistantes se dissimulaient à l'ombre des haies de cèdres. Les pelouses exposées au soleil dégelaient lentement pour digérer la pluie qui avait inondé les endroits les plus bas. Les platebandes d'arbustes rampants pointaient vers le soleil, enfin libérés de la neige qui les avait protégés des grands froids. Le vent les avait encombrés de feuilles. Ils seront reconnaissants d'en être libérés. Pendant ce temps, les vinaigriers sont très courtisés. L'extrémité de plusieurs branches est encore ornée de fruits rouges. D'innombrables oiseaux et petits animaux vont s'en régaler à tour de rôle.

Ragaillardi par ce décor encourageant, notre petit ami se surprend lui-même. L'hiver a été si dur que sa survie a exigé toute son énergie. Malgré l'entraide familiale, chacun devait limiter ses déplacements et rester à l'abri. En parcourant les environs, il a vu quelques voisins plus téméraires qui sont morts gelés. Mais le ciel enfin sans nuages, éclatant sous un soleil radieux, le stimule à visiter les environs. Il remarque les nombreux voisins qui eux aussi sortent de leur tanière. Tous se saluent allègrement dans un va-et-vient euphorique. C'est alors qu'il l'a aperçue. Elle devait être d'un autre quartier, car il ne se souvenait pas de l'avoir rencontrée l'automne dernier. Frappés par un coup de foudre, c'est ensemble que ces deux écureuils enchantent notre paysage par leurs jeux infatigables initiés par le printemps enfin revenu.

Déménagement

Choisir un lieu de résidence est toujours un exercice très laborieux. Louise et Charles étaient mariés depuis plus de trente ans et voyaient un nouveau changement d'adresse d'un très mauvais œil. Ils en étaient à leur septième lieu de résidence ensemble. Les précédents avaient été imposés par leur emploi. Comme la majorité des banlieusards, ils avaient gaspillé une importante partie de leur existence, à raison de deux heures par jour, captifs des heures de pointe. Ces allers-retours stressants dans des bouchons de circulation resteront toujours de mauvais souvenirs à oublier.

Retraités depuis cinq ans, ils sont très heureux que leur résidence actuelle soit dans une petite ville de banlieue agréable. Les terrains sont plus grands que la moyenne et garnis de gros arbres matures. Ils vivent à quelques minutes de marche d'un grand lac, de plusieurs parcs et même d'un marché d'alimentation. Leur nouvelle présence continue dans le quartier leur a permis de mieux connaître les voisins. Avec eux, ils ont collaboré à plusieurs projets tout en élargissant leur cercle d'amis. Louise passe quelques heures par semaine pour aider bénévolement à la bibliothèque municipale. Elle y rencontre de nombreux citoyens, certains moins actifs socialement, mais tous sont très gentils. Charles se joint à elle pour les soirées de lecteurs. C'est avec eux qu'elle découvre plusieurs auteurs passionnants.

Sentant leur force physique diminuer avec l'âge, ils considèrent déménager dans un logement plus petit. Aucun de leurs parents ou amis n'habite un endroit plus plaisant que le leur. Faute de mieux, ils cherchent, mais se gardent bien de se lancer dans un changement coûteux et moins confortable que leur situation actuelle. En attendant, ils ont limité leur espace de vie et d'entretien dans leur maison. Des entrepreneurs sont payés pour enlever la neige, tondre la pelouse et entretenir les platebandes. Ainsi Louise et Charles pourront demeurer dans un environnement paisible jusqu'à ce qu'ils doivent requérir une assistance quotidienne dans une résidence de soins longue durée.

Barge de René

Les résidents des maisons riveraines ont dû être évacués par centaines. Les crues printanières ont atteint des niveaux record. À certains endroits, le niveau d'eau a monté de deux mètres en quelques heures. La situation a vite surpris les équipes de secours qui se sont senties dépassées à tel point que l'armée a dû être appelée en renfort.

L'hiver de l'année 2017 avait pourtant été doux au Québec. En décembre et janvier, c'était surtout de la pluie plutôt que de la neige qui tombait dans la région de Montréal. Mais en février et en mars, la neige tombait sans arrêt. Le déneigement complet des routes prenait des semaines et semblait futile puisque devant être recommencé constamment. Une autoroute traversant la ville a même emprisonné plusieurs centaines d'automobilistes dans un mètre de neige. Il a fallu un total de treize heures pour les libérer et rouvrir la route.

Nous habitions cette année-là, une petite maison en bordure de la rivière Rouge. Accessibles seulement par un chemin de rang campagnard, nous étions très heureux d'y vivre si bien entourés par la nature. En été, la rivière coulait tranquillement au travers des terres agricoles qui occupaient la majorité du territoire de notre comté. Nos sorties en canot sur la rivière ornée de plusieurs méandres nous enchantaient à chaque détour redécouvert. Notre terrain se trouvait sur un promontoire à cinq mètres au-dessus du niveau estival des berges de la rivière. Nous avions aménagé un sentier pour y descendre facilement notre canot.

Mon frère René avait fabriqué une petite barge lui permettant le transport de matériaux sur son île. Lorsqu'il a voulu s'en départir, j'ai accepté de la mettre en cale sèche sur notre terrain. Elle y était enchainée à un gros érable depuis maintenant trois ans. Sa structure métallique et ses deux pontons étaient si lourds que nous ne pouvions pas la descendre et la remonter de la rivière. Jamais nous n'aurions cru que la rivière viendrait la rejoindre. Les pluies abondantes d'avril ont tellement gonflé les rivières et autres cours d'eau encore gelés que leur débâcle fut catastrophique. La rivière Rouge est venue mettre à flot notre barge au repos. Je me suis empressé de couper sa chaine rouillée afin de la mettre en service. Grâce à elle, nous avons pu rescaper nos voisins et transporter nos biens essentiels dans une zone encore plus élevée. Le niveau de la rivière est resté menaçant durant une semaine. Maintenant, la barge de René repose en paix comme lui, depuis son départ vers l'au-delà, mais en sa mémoire, nous l'avons maintenue en bon état de survivre au prochain déluge.

Contemplatif

C'est avec étonnement que j'ai découvert le plaisir de la contemplation. Cet état d'âme est sûrement différent pour chacun. Mais lorsque j'y séjourne, il faut que je sois installé confortablement et sans tâche impérative à exécuter pour quelques heures. Le décor à contempler doit être joli, paisible et assez vaste afin de favoriser l'observation.

Sans être un adepte averti de la méditation, je crois qu'elle peut s'incorporer dans une phase contemplative. Une grande paix intérieure vient alors laisser le regard s'émerveiller pleinement du panorama en vue. Il est impressionnant de réaliser que notre vision périphérique nous permet d'admirer sans bouger la moitié de notre bulle. Habitué à regarder la télé sur un écran plus ou moins plat, c'est dans la nature que je vais chercher son apogée. Si par exemple, je peux aller m'assoir au sommet d'un pic rocheux, l'expérience contemplative se fait sur 180 degrés dans toutes les directions.

Dans une immobilité totale, j'intensifie mon état second pendant que mes yeux plongent dans l'immensité. L'horizon est meublé à perte de vue d'autres collines tapissées de forêts aux teintes variées, entrecoupées de falaises et de cascades d'eau. En baissant les yeux, j'admire la rivière qui serpente au fond de la vallée. Une belle mousse blanche orne ses rapides. Quelques méandres au loin sont embellis par des reflets d'argent offerts par le soleil sur leur surface lisse. La vue vers le haut n'est pas en reste. Le vent effiloche les nuages dont la teinte varie dans tous les déclins de gris, jusqu'au blanc immaculé. Le bleu du ciel, moins enfumé que celui des villes, procure une voute majestueuse qui chapeaute ma bulle à merveille.

Un aigle, que j'avais aperçu au loin, vient m'examiner de plus près. Il se demande sans doute quelle est cette bête étrange qui ne bouge pas. Voyant que ses cris stridents ne m'effraient pas, mais que je ne le menace pas, il tolère ma présence pour le moment. Tout en patrouillant dans son royaume par un survol dominant, il exhibe fièrement ses aptitudes de haute voltige puis, en planant tout le long de la vallée, il imite mon jeu. Ce planeur surdoué ne bouge plus un muscle, mais laisse ses yeux se joindre aux miens pour une admiration contemplative de notre superbe univers.

Embâcle

Le gros chêne au bord de la Rivière-du-Loup en portait des marques distinctives. Il trône au milieu du tournant d'un méandre depuis plus de trois-cents ans. Selon les registres historiques de la ville de Joliette, et même ceux du Québec, cette rivière n'était jamais sortie de son lit depuis cent quatre-vingts ans.

Victor habite en face sur un pic rocheux et très boisé. Sa propriété s'étend sur huit hectares. Ses ancêtres hurons ont défendu cet espace contre certains envahisseurs depuis dix générations. La majorité des berges sont des falaises érigées en muraille protectrice. Comblant tout le terrain habitable du côté intérieur du méandre, c'est presque une île, car il n'y a que cent mètres entre les deux bras de la rivière en amont et en aval. Une palissade de trois mètres de hauteur complète la restriction d'accès surveillé nuit et jour. Cette bourgade huronne compte maintenant vingt-cinq individus de tous âges.

Les ainés ont mandaté Victor pour aviser le nouveau voisin. Depuis quelques jours, ils ont remarqué de l'activité de déboisement sur la parcelle de terrain située au fond du méandre. Vers dix heures chaque matin, les hommes venaient faire une pause au bord de la rivière. C'est ce moment que Victor a choisi pour aller se présenter. Tous furent fascinés de voir approcher ce magnifique canot d'écorce avançant vers eux si dignement. En un rien de temps, Victor avait franchi la traversée de deux-cents mètres et c'est d'un saut agile qu'il a foulé leur rive. Arborant un large sourire il leur lança un bonjour joyeux. Gilles se dirigeait déjà vers lui pour lui serrer la main en guise de bienvenue. Une fois les présentations complétées, ils ont fièrement montré à Victor, les plans de construction. Victor, tout de suite inquiété, a montré à Gilles les dommages encore visibles sur le gros chêne. Tous ont eu peine à croire que ces marques à près de trois mètres plus haut que la rive aient pu être causées par de la glace. Gilles a quand même pris au sérieux la mise en garde de Victor. La maison fut érigée sur pilotis et plus loin de la berge. Au printemps suivant, c'est ce qui a sauvé cette nouvelle demeure. Un embâcle massif à l'embouchure du fleuve en aval a fait monter la Rivière-du-Loup. La glace a de nouveau gravé son passage sur l'écorce du gros chêne pour que personne ne puisse jamais sous-estimer son élévation spectaculaire.

Habitat Grande-Surface

La pratique des achats en ligne a augmenté à un point tel que ses résultats sont plus élevés que ceux des magasins de détail. Ce phénomène est évident lorsque vous visitez la plupart des centres commerciaux partout au Canada. Un bon exemple est le centre commercial Faubourg de l'Ile, à Pincourt, au Québec.

Sur les quatre-vingts magasins dans le centre commercial, seulement vingt-deux survivent à peine. Quelques grands détaillants attirent encore certains consommateurs. Mais si Walmart, Canadian Tire ou Pharmaprix fermaient leurs portes, le centre commercial pourrait tomber en désuétude. Pincourt est une belle ville où il fait bon vivre. Principalement constituée de maisons individuelles, elle possède également des appartements et des copropriétés à proximité du centre commercial. Mais de l'autre côté du pont de Vaudreuil, une nouvelle zone commerciale a été construite. En plus des achats en ligne, les gens ont favorisé l'offre plus large de Vaudreuil au détriment de leur centre commercial de trente ans.

Un groupe visionnaire a trouvé un moyen intéressant de relancer ce centre commercial et beaucoup d'autres. La plupart des centres commerciaux sont situés dans des zones privilégiées bien entourées de plusieurs routes d'accès facile, d'infrastructures et de quartiers résidentiels. Mais vous avez besoin d'une voiture ou d'un transport public pour y arriver. Pour les retraités et les générations plus âgées mais encore en bonne forme, la marche vers les magasins serait le choix privilégié. C'est pour cette raison que le Groupe Résidences Excel signe des ententes avec de tels centres commerciaux en déclin pour les convertir.

L'ajout d'un stationnement souterrain et de deux à six étages d'appartements au-dessus du centre commercial lui a donné une toute nouvelle tendance. Quelle que soit la météo, même dans une tempête de neige trop abondante, les résidents du Faubourg peuvent atteindre au rez-de-chaussée, le niveau du centre commercial par l'ascenseur et acheter toutes leurs nécessités sans jamais devoir se couvrir de vêtements plus chauds. Leurs familles et amis viennent les visiter plus souvent tout en faisant leur magasinage sur place. Le toit a été transformé en jardins avec de nombreuses chaises longues et balançoires. Quelques zones ombragées protégées du vent offrent un superbe panorama sur le lac, à quelques pâtés de maisons de leur plus animé Habitat Grande-Surface.

Aller où?

Pourtant déterminé à se rendre aux chutes de Rawdon, le hasard en a voulu autrement. C'était comme un pèlerinage pour Albert. Accompagné de cinq collègues de classe, il avait comme eux quinze ans lors de sa dernière visite. Le père de Denis Vézina les avait conduits et ramenés à bord de son immense Ford Météor familiale avec appliqués simili bois sur les côtés.

Albert, maintenant âgé de soixante ans, était retraité depuis peu de temps. Il avait beaucoup voyagé, mais ses séjours étaient toujours de courte durée, souvent limités par son emploi et ses obligations familiales. Maintenant que Éva, son épouse, est elle aussi à la retraite, elle ne s'est pas fait prier pour le suivre vers de nouvelles aventures. Ils ont fait une liste des endroits qu'ils ont le plus appréciés. Ce fut ardu de les lister par ordre de préférence commune, mais ils sont parvenus à s'entendre. Chaque destination s'est vu attribuer une période de l'année durant laquelle la visite se ferait sans insecte piqueur ni pluie verglaçante. Puis, quatre catégories furent établies selon leur accessibilité : en une journée de voiture, ou avec nuitées en hôtel sur la route, ou par bateau ou train, ou par avion. À chacune des semaines suivantes, au moins une nouvelle destination venait s'ajouter à l'agenda de nos aventuriers. Ils étaient fiers de leur calendrier bien rempli.

Rawdon semblait un périple amusant, mais quelque peu banal. Pour l'étoffer un peu, ils ont choisi des routes pittoresques pour s'y rendre. En quittant leur résidence de Pierrefonds, ils ont emprunté le petit bac qui traverse la rivière des Mille-Îles. C'est en tirant sur un câble sous-marin que le bac combat le fort courant et va transborder huit véhicules à la fois. La croisière de quinze minutes s'est prolongée lorsque le câble a cédé. Le capitaine a vite distribué les vestes de flottaison et remis une rame à chaque adulte. Cette manœuvre n'avait jamais été pratiquée, mais son expérience en descente de rivière lui est revenue d'instinct. Avec six adultes de chaque côté, suivant les ordres du commandant, ils ont maintenu le bac au centre de la rivière et même évité des écueils menaçants. Une berge invitante s'est finalement présentée. Le bac a enfin pu accoster doucement sur une île. Des chiens de garde qui sont accourus soudain leur ont fait réaliser que c'était une île privée. Une femme s'est amenée en courant et elle a calmé ses chiens en voyant la précarité des naufragés. Tous vont pour toujours se souvenir de cette courte croisière, car cette île était celle de Céline Dion qui leur a généreusement fait servir un mousseux. Afin de les calmer alors qu'ils réalisaient avoir évité le pire, elle leur a chanté la chanson thème du film Titanic.

Enchanté par Labelle

Il y avait apparence de pluie, mais promesse faite, promesse tenue. Quelques jours par année, beau temps, mauvais temps, mon frère nous offre la possibilité de cohabiter au même endroit. Citadin endurci, il reprend contact avec la nature en camping sauvage. Depuis dix ans il a adopté le bord de la rivière Rouge, près du village de Labelle au Québec. Il loue plusieurs sites le long de la rive et il invite parents et amis à se joindre à lui durant les dix jours incluant la fête nationale du Québec et, une semaine plus tard, la fête nationale du Canada.

La fin du mois de juin commence à réchauffer le temps, mais les nuits restent fraiches. Des averses viennent perturber les campeurs et les plus avertis savent bien se couvrir de bâches afin de rester bien au sec. Ces intermèdes sont vite oubliés, mais ils nous font mieux apprécier les accalmies ensoleillées.

Quand la journée s'annonce belle, c'est la descente de la rivière qui s'impose. Les propriétaires du camping louent des canots sur place. C'est le fil de l'eau qui nous propulse comme sur un tapis roulant. Les avirons servent surtout à nous diriger et peu de gens s'en servent pour remonter le courant. Douze kilomètres en aval, un stationnement riverain permet de venir cueillir les aventuriers. Muni d'une remorque pour canots attachée à son minibus, le responsable des croisières en canot nous ramène au camping. Certains jours, ce périple est si agréable qu'il est tentant de le refaire tout de suite.

Le terrain de jeu central prend souvent la relève en occupant les enfants, grands et petits, du matin au soir. On les revoit seulement lorsqu'ils sont affamés. Avide de défis soutenus, la pétanque vient identifier les plus adroits. Tout en buvant leurs apéros préférés, les propos de chacun se corsent afin de déstabiliser l'adversaire. Mais la camaraderie prévaut sur la controverse et la joute se termine toujours sur un toast à la santé de tous les boulistes.

Le repas communautaire du soir est le plus apprécié. Plusieurs tables sont réunies en deux lots : un pour la cuisson, l'autre pour l'imposante tablée de fêtards. Chacun sort de sa glacière des plats cuisinés qui rassemblés, procurent à tous une généreuse portion d'un menu varié. La soirée se termine autour d'un feu de joie où les conteurs se relancent jusqu'à ce que bien malgré eux, ils tombent de sommeil. Le grondement constant de la Chute-aux-Iroquois juste à côté, devient tout à coup le seul ambiant, couvrant même le ronflement de quelques voisins et chacun dort profondément. Puis la noirceur est progressivement expulsée par l'aurore que les oiseaux célèbrent par des chansons à répondre d'arbre en arbre. Leur énergie communicative encourage notre réveil à une nouvelle journée d'enchantement par Labelle.

Camping théâtral

Mon frère Paul a un agenda tellement chargé que nos rencontres sont rares et trop brèves. Depuis le décès de nos parents, de notre seule sœur et de nos trois frères, nous ne manquons jamais de nous parler au téléphone au moins une fois par semaine, chaque vendredi soir. Ses nombreux amis aimeraient bien, comme moi, avoir la possibilité de jaser tranquillement avec lui. Conscient de ce fait et le regrettant lui aussi, il nous invite tous à son camping pour une semaine.

Selon la disponibilité de chacun, d'une année à l'autre, les visiteurs diffèrent. Ainsi, cette année, j'y ai croisé Maria et sa copine Célestina, Martine et sa fille Charlotte, Stéphane et son épouse Dominique avec leurs enfants Talya et Mavryk accompagnés de leurs deux chiens Bella et Bloum. Le lendemain sont arrivés Alexandre et Jonathan. Paul avec son chien Bobi était déjà bien installé. Avec l'aide des nouveaux arrivants, il a monté une immense tente cuisine et regroupé plusieurs tables avec vue sur la charmante rivière Rouge. Comme pour un théâtre d'été, chacun a fait valoir son personnage en prenant la balle au bond de la conversation. Souvent entrecoupées de cris pour calmer ou faire revenir les chiens qui couraient partout, les discussions restaient brèves et superficielles, mais toujours joviales.

Maria prépare un voyage à Portofino en Italie avec Paul. Elle en parle avec enthousiasme tout en tricotant avec Célestine. C'est d'ailleurs lors d'un cours de tricot qu'elles se sont rencontrées. Durant deux journées complètes, elles ont été seules avec Paul puis elles rentraient dormir à l'auberge de la Gare au village de Labelle, à quelques minutes de là en voiture. Nous avons pu nous voir pendant deux heures avant qu'elles partent. Nous étions tous les cinq, un peu misérables, abrités sous la tente cuisine alors qu'une pluie froide menaçait de tomber pour le reste de la journée. La météo avait annoncé ces averses et je suis arrivé juste avant ce qui m'a permis de monter ma tente au sec. Martine est arrivée alors qu'il commençait à pleuvoir. Charlotte, sa fille de douze ans, aidée de Paul et moi, avons monté leur tente en un temps record sous une petite averse. Mais une heure plus tard, c'est sous une pluie forte que Stéphane a dû tenir une grande bâche tendue au-dessus de son épouse Dominique pendant qu'elle montait leur grande tente familiale. Talya, elle aussi âgée de douze ans ne semblait pas incommodée par la pluie, trop contente de retrouver son amie Charlotte pendant que Mavryk âgé de 8 ans les suivait partout avec ses deux chiens. Ces quelques jours filent trop rapidement, mais laissent d'agréables souvenirs d'une improvisation où le naturel se prête favorablement au Camping Théâtral.

Contentement

Lors d'un quelconque moment de répit, j'aime constater combien le temps qui file n'est constitué que de petits moments qui déferlent. Et souvent, il ne faut que peu d'effort pour que la majorité d'entre eux soient agréables. Même les tâches les plus fastidieuses prennent alors une tournure intéressante. Comme pour toutes les mécaniques, un entretien préventif est moins contraignant qu'un désastre causé par un bris.

La maintenance du bon état de marche de tout ce qui m'entoure est devenue mon principal défi. Il m'a fallu quelques années pour saisir toutes ces causes à effet. La bête féroce que peut devenir un dégât majeur est maintenant domptée et sous bonne garde. L'agenda est mon principal allié dans ce combat. Il n'est bien sûr qu'un détail, mais qui fait toute la différence. Des intervalles sont déterminés d'avance sur toute l'année. Ainsi répartie selon la saison appropriée, chaque intervention se voit allouer le temps nécessaire. La réalisation de chaque projet devient alors la priorité du moment réservé.

Voyant venir chacun d'eux, le chantier est préparé et les matériaux requis sont regroupés juste à temps. L'ensemble devient tellement bien encadré que même un imprévu de dernière minute ne causera pas de retard important. Le moment venu, employé pleinement à la réalisation de cette tâche, même la plus ingrate amène de la satisfaction, une fois accomplie. Le lieu de travail nettoyé, les outils et les matériaux rangés, je ne peux m'empêcher de prendre un peu de recul et d'admirer ce beau résultat.

Le bonheur est tout simple après tout. Mais son écrin délicat est si fragile que nous devons sans relâche le maintenir en bon état. La vie le malmène et notre survie nous entraîne trop souvent vers des brillants futiles. Heureusement nous avons su nous contenter de l'essentiel et trouvé un milieu sain et agréable pour le vivre. Le contentement peut sembler réducteur, mais lorsqu'il est constitué de tout ce qu'on aime, pourquoi chercher ailleurs?

Andrée Proue

Telle une figure de proue au sommet du débarcadère, Andrée observait la délicate manœuvre du capitaine. La Sauvagîle que Serge pilote habilement est aujourd'hui ballottée par un frisquet nordet. Lorsqu'il souffle trop fort, l'accostage de ce petit traversier est risqué. Heureusement pour nous, une accalmie soudaine permet enfin l'amarrage et l'utilisation de la passerelle pivotante.

Chaque jour de juin à septembre depuis 1990, une manœuvre semblable permet à une vingtaine de chanceux, l'accès à l'Île-du-pot-à-l'eau-de-vie. Un phare y est ancré solidement sur un pic rocheux au milieu du majestueux fleuve Saint-Laurent, au large de la ville de Rivière-du-Loup au Québec. La structure blanche et rouge du phare est envoutante et visible de loin. Pendant plus de cent ans, un gardien y habitait afin de maintenir sa flamme allumée et de nettoyer les lentilles Fresnel de son immense lanterne, souvent ternies par la fumée d'huile de baleine. La confortable maison de trois chambres logeant sa famille est construite autour de la tour du phare. Rénovée par Duvetnor, c'est devenu une auberge tout confort pour la 'Nuitée au Phare'.

Perchée sur son promontoire, Andrée a déjà fait ses adieux aux visiteurs d'hier. Elle observe les nouveaux arrivants qui montent la longue rampe jusqu'à la terrasse. Une fois qu'elle nous a rassemblés avec nos bagages, nous constatons que ce superbe endroit, si beau sur internet, est encore plus merveilleux et bien réel. Quelques minutes plus tard, le bateau quitte l'île et nous laisse seuls avec Andrée, notre hôtesse et François, notre chef cuisinier en résidence. C'est ainsi que notre petit groupe de cinq adultes retraités débute deux jours de rêve au paradis.

Les chambres confortables et bien décorées conviennent parfaitement à chacun. On s'y installe rapidement avant d'aller suivre Andrée sur les sentiers autour de l'île. Sa description de la faune et de la flore locale est enjolivée de ses nombreuses anecdotes. Au retour, François nous attend sur la terrasse avec une excellente collation. Le ciel nous offre un bleu immaculé sur le fleuve devant nous alors, nous restons confortablement assis au soleil. On se laisse même aller à la sieste avant le repas. Un songe me ramène sur le sentier. Nous suivons des traces de sang à intervalles réguliers. Elles mènent à une croix vue plus tôt en pleine forêt. Chemin de croix imaginaire qui ajoute au mystique de l'île. Andrée et François nous ramènent au réel avec un excellent repas quatre services qu'on arrose de bon vin en agréable compagnie. Dommage que Duvetnor limite ce séjour à deux nuitées; elles sont tellement populaires que les trois chambres doivent être libérées pour les suivants. Cette île est pourtant si enchanteresse qu'on la quitte avec regret.

Tête-à-porter

Cela m'affecte de façon si étrange que je dois écrire à ce propos. Je ne peux m'empêcher de me demander si la plus grande partie de ma vie était sous la même influence. Pourquoi est-ce que je détecte officiellement, à l'âge de 63 ans, cette clé déterminante de mon état d'esprit? Si c'est un effet secondaire causé par ma cinquième année de retraite, alors tant mieux.

Le vieillissement est un tel privilège. Qu'il soit indépendant du compte en banque, en fait un autre rare élément d'équité dans notre monde souvent impitoyable. Les chats avec leurs neuf vies peuvent en perdre quelques-unes, mais je sens que je dois tirer le meilleur parti de la mienne, probablement la seule dans ma coquille usée. Alors, maintenant que ce temps m'est favorable pour une période indéterminée, j'essaie de l'optimiser. Assez chanceux de vivre dans une partie sûre et agréable du monde, je ne ressens pas l'envie de parcourir le monde entier suivant une liste d'endroits choisis il y a longtemps. Famille et amis vivent assez près que nous pouvons être ensemble dans un aller-retour d'une journée en voiture. Prêter une attention particulière aux gens de mon voisinage est extrêmement enrichissant. Se réunir et discuter en personne est tellement plus agréable que son alternative virtuelle par l'ordinateur. Se croiser lors d'une promenade dans nos rues tranquilles ou dans le parc apporte de belles surprises. Fixer une heure et une date pour être ensemble pendant un bon moment est ce que je préfère. Après avoir mis de côté d'autres préoccupations, nos esprits peuvent s'accorder afin d'atteindre un autre niveau de béatitude, uniquement accordé aux joueurs d'équipe.

Pendant de longues périodes de notre vie, nous n'avons pas vraiment le choix des personnes qui nous entourent. Nos parents et leurs relations influencent notre personnalité d'enfant dans une variété de bonnes et mauvaises façons. Les étudiants et les enseignants nous sont également imposés dans nos années scolaires. Cette période de scolarité est importante parce qu'elle représente notre première chance de se lier d'amitié avec notre propre choix de personnes. Avec un peu de chance, certains d'entre eux resteront nos amis pour la vie et influenceront notre devenir.

Mais le langage est le déclencheur que j'ai maintenant découvert. Sans le diriger consciemment, je réalise que je suis une personne assez différente quand je parle français ou anglais. Toute ma vie, j'ai parlé français et porte en moi ce merveilleux bagage. Ma jeunesse, tout en parlant français seulement, a été attristée par beaucoup de mortalité et de maladies dans la famille. J'ai été exposé à l'anglais la majorité de ma vie, mais j'ai seulement commencé à le parler régulièrement dans la vingtaine. Ma vie adulte a été plus heureuse et très peu de tragédies se sont produites en présence de mes relations anglophones. Maintenant, c'est quotidiennement que j'utilise les deux langues. Je pense dans chacune et ne cherche pas à traduire pendant que je parle ou écris. Ce doit être une expérience hallucinante que d'être polyglotte. Serait-ce comme devoir choisir laquelle pour demain, parmi plusieurs têtes-à-porter ?

Rien n'y Fit

Qui l'eût cru? La journée s'était pourtant annoncée si belle. Mais dès l'aurore, les éléments semblaient progresser de travers. De gros nuages se formaient à l'horizon et déambulaient à une vitesse fulgurante.

Lise observait ce manège de la fenêtre du salon. Sa préparation avait débuté il y a plusieurs mois tellement ce jour était important pour sa carrière. Tous les aspects du projet avaient été révisés maintes fois par l'équipe qu'elle dirige. Spécialisée dans le développement de canevas à haute performance, c'est son entreprise que le gouvernement a choisie pour remplacer le toit du stade olympique de Montréal.

Les pleurs qu'elle entendit l'ont vite sortie de sa méditation. Lili sa fille de quatre ans se tordait de douleurs dans son lit. Elle avait sans doute mangé trop de maïs soufflé hier soir en regardant un film et se plaignait de crampes intestinales. Lise achevait de la consoler lorsque Roger, réveillé et inquiété en les entendant, est venu la cajoler lui aussi. Roger allait travailler de la maison et surveiller le rétablissement de Lili.

C'est à onze heures ce matin qu'elle va rencontrer le ministre pour finaliser le contrat. Lise n'était qu'à quelques kilomètres de son bureau lorsque sur la rue Berri, un automobiliste venant en sens contraire est venu emboutir l'avant de sa BMW. Il avait eu un malaise cardiaque et s'était évanoui au volant. Une ambulance qui passait par là est venue s'occuper de lui alors que Lise constatait qu'elle n'était pas blessée, mais que sa voiture ne pouvait plus rouler. En une heure, elle a pu se libérer de ce contretemps et rentrer au bureau en taxi.

Elle qui espérait y trouver un havre de paix fut tout de suite désenchantée en voyant le regard apeuré de Raymonde, sa téléphoniste. Une gastroentérite affectait plusieurs employés qui avaient assisté au cocktail dînatoire la veille. Le moral de Lise fut mis à rude épreuve, frappé par toutes ces embuches matinales. Le ministre, informé de ces mésaventures a bien tenté de s'esquiver prétextant ne pas vouloir rajouter au stress de Lise. C'était sous-estimer son courage et sa détermination. Il ignorait que de bien pires drames avaient eux aussi tenté de ralentir sa progression. Mais l'arrêter complètement? Ceux qui la connaissent bien savent que Rien n'y Fit!

Normand

Réunie lors des funérailles de Normand, sa famille a pris conscience du grand nombre de ses amis. Le salon funéraire ne pouvant contenir plus de cent personnes, ils ont dû limiter les invitations.

Une pneumonie suivie de troubles rénaux l'avait emporté en seulement deux mois. Normand était alors âgé de 78 ans. Quoique de courte durée, la maladie l'avait rendu tellement misérable qu'il souhaitait mourir. Adèle, sa veuve, était inconsolable. Lors de son dernier mois d'hospitalisation, elle avait été à son chevet chaque jour et même la nuit pour ses dernières heures. Normand avait toujours été si jovial qu'elle était désemparée de le voir grimacer de douleur. Elle a tout fait pour lui remonter le moral, mais l'hiver était rude et sombre. Les nombreux jours de pluie verglaçante étaient suivis de bordées de neige paralysante.

Puis, une nuit, Normand s'est éteint dans son sommeil. Il avait dû se souvenir de jours heureux avec Adèle et leurs quatre enfants, car il avait serré sa main et figé un dernier sourire vers elle. Le moniteur cardiaque a complété le réveil d'Adèle, mais l'infirmier et le médecin qui ont répondu au signal de détresse n'ont pu que constater son départ.

Épuisée et au bout de ses larmes, Adèle a dû être hospitalisée à son tour. Son hypertension pourtant bien contrôlée depuis des années allait maintenant d'un extrême à l'autre. Ses évanouissements à répétition l'ont contrainte à un repos forcé. Heureusement, les fréquentes visites de ses deux fils et de leurs nombreux enfants lui ont insufflé tant de force de vivre qu'elle est vite revenue à la surface.

Un petit chagrin d'averse a donné le ton à cette rencontre deux mois plus tard. Dix parmi nous ont accepté de faire l'eulogie de Normand. Ces témoignages très touchants de parents et amis furent conclus par son petit-fils de quinze ans. Tous ont été surpris par sa demande impromptue. C'était plus fort que lui de faire savoir à tous, combien son grand-père était remarquable. Son assurance déterminée lui a valu nos applaudissements. Au bout d'une vie bien remplie, il est admirable de constater le lot d'amour dont Normand s'est prémuni pour un long voyage dans son nouveau royaume.

Connivence

Avec son métier de coiffeur, Ronald reçoit autant de confidences qu'un confesseur. Ses clientes lui livrent des secrets sans relâche, car jamais il n'a trahi leur confiance. Mais lui, à qui se confit-il?

Au cours des années il a été proche de quelques parents et amis. Avec certains, il s'était permis de s'ouvrir le cœur sans réserve. Le déplacement de chacun d'eux dans des villes éloignées a réduit la fréquence de leurs contacts et changé leur relation. La distance a érodé leurs rapports et même leurs visites virtuelles sont devenues rares.

Denise, son épouse depuis plusieurs décennies, est bien sûr sa confidente principale. Son poste de directrice des opérations d'un grand magasin de mobilier a forgé son tempérament avec les années. Habituée à discuter et s'entendre avec des clients difficiles au travail, la laisse quelques fois avec une mèche assez courte en rentrant à la maison. Ronald a subi ses sautes d'humeur assez souvent pour maintenant les voir venir et les esquiver. Mais dans ces périodes troubles, la nature calme de Ronald semblait rajouter de l'huile sur le feu et Denise redoublait de rage. Heureusement ces tempêtes étaient rares et de courtes durées puis, suivies d'amour et de tendresse.

Il y a quelques mois, lors d'un séminaire en relations humaines, Denise a appris et adopté une méthode toute simple. Le formateur faisait remarquer combien facilement le face-à-face provoquait la confrontation. Le sentiment accusateur-accusé focalisé par le regard de l'autre, mène à l'amour ou à la confrontation. Un restaurant bondé laisse peu de chance à l'amour et la table qui les sépare est plus propice à l'affront. La solution proposée par les experts est le coude-à-coude.

L'effleurement de l'avant-bras ou de la main qu'il soit accidentel ou délibéré vient vite adoucir les mœurs. Les mots doux chuchotés s'ajoutent à l'aura qui enveloppe le couple. Denise et Ronald avaient plutôt l'habitude de s'assoir côte à côte. Maintenant tous deux retraités, ils ont remarqué que cette façon de faire les séparait. Leur regard devant eux était comme les rails d'un chemin de fer. Proches, mais pouvant ignorer l'autre en le croisant rarement. Un tout petit réglage a corrigé ces lacunes. C'est au coin de la table, à 90 degrés l'un de l'autre, que leurs regards se sont retrouvés et que leur connivence s'est optimisée.

Trente-et-Un

D'origines très diverses et de moyens qui le sont tout autant, c'est le tennis qui les réunit. Neil est celui qui a eu la bonne idée d'organiser leur groupe. Puisqu'il est souvent difficile de trouver des partenaires pour jouer en double, un calendrier était requis. Vingt joueurs de niveau intermédiaire avaient été identifiés et intéressés.

Chacun devait d'abord informer Neil de la liste des dates d'absence prévues durant la saison. C'est ainsi qu'il a pu déterminer équitablement les douze joueurs qui seraient présents sur trois courts de tennis, chaque mercredi et vendredi matin, toutes les semaines de l'été jusqu'à la mi-octobre.

Dès que quatre des douze joueurs étaient arrivés au club de tennis, un court leur était alloué. Ce matin, le hasard a voulu que le premier groupe soit formé de Tony, Gérard, Normand et Guy. Après de brèves salutations et quelques plaisanteries, ils ont entrepris de jouer trois manches. C'est au milieu de la deuxième manche que tout a chaviré. Tout le monde sait que Gérard a la mèche courte. Ce colosse, ancien haut gradé de l'armée, ne s'en laisse jamais imposer. Maintenant retraité, comme ses partenaires de jeu, il est en général cordial et souriant. Sans doute irrité par son jeu erratique à la première manche, sa marmite devait commencer à chauffer, car il émettait de plus en plus de jurons. Tony, son partenaire pour le jeu en cours, a su le calmer par quelques farces au sujet de leurs opposants qui de loin, ont été rassurés en le voyant sourire.

C'est une balle de trop qui l'a fait exploser. Il avait ouvert une nouvelle boite de balles de tennis ce matin. Jouant sur le court #3, des balles venaient des courts #2 et #4 interrompre leur jeu à l'occasion. Malheureusement, ce matin, ces trois courts jouaient avec des balles de même marque et toutes marquées du numéro 3. Difficilement distinguables les unes des autres, Gérard prétendait tout de même que seules les siennes étaient neuves, alors que Diane, sur le court #2 disait que les siennes aussi l'étaient. Guy, lui aussi de stature imposante, s'est placé entre les deux avant qu'ils n'en viennent aux coups de raquette. Mais c'est Tony qui a réglé le litige pour de bon. Sur trois des balles imprimées #3, il a ajouté le chiffre 1 avec son stylo et les a remises à Gérard. Libéré de cette préoccupation, Gérard a connu un regain d'énergie et avec Tony, ils ont remporté les deux dernières manches sur leur Trente-et-Un.

Erre d'aller

Le plaisir d'écrire se transforme vite en passion. L'inspiration me vient à tout moment, mais, c'est tôt le matin, seul, avant que la maison s'éveille, que mon imagination déborde d'histoires. La page blanche me défie d'y tracer les premières lettres puis, au bout de quelques mots, je vogue sur l'erre d'aller.

Ma capacité d'écrire en français aussi bien qu'en anglais me fait hésiter. Les sujets surgissent dans l'une ou dans l'autre et vont souvent me dicter laquelle choisir. Loin de savoir maitriser toutes les difficultés de ces deux langages, je me garde tout de même de tomber dans une sorte de franglais. Au contraire, j'aime jouer avec les particularités de chacune au risque même d'écrire quelques fautes, surtout dans un premier jet.

C'est par des guillemets que j'évite la panne. Plutôt que d'interrompre le fil de mes idées ou la trace d'un bon filon, j'orne ainsi ce mot ou ce passage incertain pour y revenir en relecture. Armé de mon Antidote, tel que se nomme mon correcteur de texte, j'espère pouvoir corriger ou extraire la plupart des fautes.

Étonnamment, un intermède est souvent salutaire. Que ce soit pour me servir un café ou lors de la visite d'un lieu plus intime, j'en reviens rarement bredouille. Comme un décor surprenant qu'on aperçoit soudain en contournant un édifice, un nouvel élan me pousse dans un univers insoupçonné.

Et me voilà reparti de plus belle. Ce phénoménal détournement est à la puissance infinie. Qu'on y trouve un oiseau, une voiture, un enfant, un avion, seuls ou entremêlés, un nouveau chapitre se retrouve vite lancé. Voici que l'imaginaire reprend du service. Sans restriction aucune, il peut tout aussi bien poursuivre ce périple dans les nuages qu'au fond des mers. Il n'en tient qu'à vous comme le prouve Elon Musk, parti de rien en Afrique du Sud pour se rendre sur Mars, sur son erre d'aller.

Villa Beauséjour

Arrivés enfin! Comme c'est gratifiant après une si longue attente. Cette belle escapade fut planifiée sur un coup de cœur, plusieurs mois d'avance, en pleine froidure de janvier.

À la recherche d'un petit voyage afin de célébrer l'anniversaire de mon épouse au début de mai, elle a tout de suite accepté ma proposition de revoir la belle ville de Québec. Nos dernières visites ont souvent été trop courtes. Cette fois-ci, nous avons prévu y passer quatre jours. Notre fascination pour l'architecture et l'histoire a vite fait de combler notre horaire, mais où se loger?

L'an dernier, nous avons découvert que la plus belle vue sur Québec se faisait de Lévis. Parcourir la vieille ville fortifiée est bien plaisant surtout aux abords du majestueux fleuve Saint-Laurent. Mais c'est sur sa berge opposée, donc à Lévis, que la perspective du Château Frontenac surplombant le Cap Diamant et le fleuve que ce panorama est le plus remarquable. Consciente de ce fait, la municipalité de Lévis a construit un joli parc orné de deux tourelles juste en face. De ce promontoire, les visiteurs peuvent venir contempler à souhait cette merveille du patrimoine mondial de l'UNESCO.

Il se trouve qu'une petite auberge est située juste en face de ce parc. Nommée la Villa Beauséjour par ses hôtes Diane et Jacques, sa salle à manger toute vitrée offre une vue sans obstruction sur ce chef-d'œuvre.

Leurs quatre chambres à coucher avec commodités modernes y assurent un agréable séjour.

Jacques, tel un maître d'hôtel distingué, nous accueille et maintient fièrement son royaume toujours impeccable. La joie de vivre de Diane nous met tout de suite à l'aise dans son décor soigné et de bon goût. On s'y sent vite comme chez soi et très confortable. Mais c'est au petit déjeuner inclus dans le prix du gite qu'ils se distinguent le plus. Jacques nous décrit habilement le menu et nous sert avec élégance pendant que nous admirons la vue sur Québec et son activité maritime qui s'éveille sous nos yeux. Diane nous concocte des œufs à la perfection, des crêpes et des gaufres accompagnées d'un excellent yogourt maison comblé de petits cubes de fruits frais. La présentation de chaque plat est exquise. Un croissant frais nous permet de goûter l'assortiment de seize confitures maison, toutes meilleures les unes que les autres. Leur superbe table est aux couleurs joyeuses du Mexique et le repas servi avec un excellent café ou une variété d'infusions.

La panse bien rassasiée, ils nous font connaître des trésors moins connus de la région. Leurs conseils et anecdotes nous permettent de bien optimiser nos visites. À courte distance du traversier, c'est sur le fleuve que notre engouement est à son comble. Puis le Vieux-Québec nous accueille comme dans le berceau de nos ancêtres. Chaque jour est ponctué de fabuleuses découvertes parmi des gens en extase devant tant de beauté. En soirée au confortable salon de la Villa ou au petit déjeuner du lendemain, les convives échangent leurs trouvailles, mais tous conservent le souvenir d'un Beauséjour.

Citadelle

Lors d'une visite à la Citadelle, notre guide n'a pas su quoi répondre. La jeune Kim étudie en histoire de l'art à l'université Laval de Québec. Ce poste au service du tourisme à la Ville de Québec lui convient à merveille. Elle adore discuter avec ses clients d'origine si diverse. Ce matin de mai, nous n'étions que huit touristes pour la suivre. Son habileté à marcher à reculons nous déconcertait. Kim nous assura qu'elle ne trébuche jamais, sûre que nous allons l'avertir si un obstacle obstrue son chemin.

Nous la bombardions de multiples questions et c'est Robert qui lui avait demandé pourquoi la majorité des édifices à logement des militaires avaient trois étages. Elle guidait des groupes dans cette place fortifiée depuis assez longtemps pour avoir réponse à tout. Perfectionniste de nature elle avait déjà dû admettre ne pas savoir la réponse à une question, mais s'était vite informée pour qu'on ne l'y prenne plus. S'excusant à Robert elle a promis de vérifier. Après avoir consulté plusieurs militaires sur le sujet, c'est l'adjudant-chef qui a tranché la question.

Évitant de dévoiler des secrets militaires, il a d'abord vérifié quel usage serait fait de cette information stratégique. Habitué au contre-espionnage lors de ses nombreuses missions en Afrique et en Asie, il a choisi d'investiguer lui-même. Sans avertir qui que ce soit, il s'est déguisé en touriste français, arborant moustache, lunettes et béret. Dissimulé parmi un groupe de vingt touristes d'origines diverses, Kim ne l'a pas reconnu. Ce beau matin de juin lui a permis de débuter la visite en face de la devise « Je me souviens » sculptée en grosses lettres de mosaïculture sur un monticule. Comme tout le monde, l'adjudant-chef a trouvé normal que Kim nous explique l'origine de la Citadelle de Québec et l'histoire du 22e régiment qui l'occupe. La visite durait depuis dix minutes quand l'adjudant a porté plus d'attention sur l'aptitude remarquable de Kim à marcher de reculons.

Durant l'heure de la visite, Kim a monté et descendu des marches, déambulé dans des sentiers sinueux, toujours en faisant face à ses clients. L'adjudant a été si impressionné que le lendemain il a demandé à Kim si elle accepterait un poste militaire. Depuis maintenant deux ans, l'entrainement de toutes les nouvelles recrues de ce régiment inclut une formation par Kim sur l'art de se mouvoir efficacement à reculons. C'est lorsqu'un escadron la suivait à l'intérieur d'un édifice, après avoir gravi les trois étages et atteint le toit par l'escalier du grenier et qu'elle allait sortir par un panneau ouvrant sur le toit, qu'elle a remarqué que le toit des édifices situés à l'intérieur de la Citadelle étaient juste un peu plus bas que les murs de contour fortifiés. Plus de trois étages auraient rendu ces édifices trop vulnérables. Elle aurait voulu rappeler Robert pour répondre à sa question, mais s'est assurée que les autres guides sauraient répondre à l'avenir, comme le lui a permis son adjudant-chef.

Antonin

Bois-D'Urfé est le nom d'un petit boisé oublié. Il fut nommé ainsi en mémoire d'Antonin D'Urfé, un prêtre sulpicien venu de France en 1672 pour 'évangéliser les sauvages'. Antonin a tellement marqué les débuts de cette bourgade qu'à sa mort, la population de 38 habitants a voté à l'unanimité pour que leur village soit dorénavant connu sous le nom d'Antonin. La petite chapelle érigée par les colons a été emportée par le temps, mais plusieurs arbres datant de cette époque y trônent encore. La construction des navires en bois puis des maisons ont pourtant rasé la majorité des forêts environnantes, mais ignoré cette parcelle miraculeusement.

À mesure que les moyens de transport ont raccourci le temps nécessaire pour s'y rendre, Antonin s'est développé pour devenir une ville de 3 000 résidents. Sa proximité avec Montréal la rendait accessible en trente minutes du centre-ville.

Le Bois-D'Urfé a failli disparaitre deux fois. En 1922, des voies ferrées traversant le Canada lui ont retranché un tiers de sa superficie. Le chemin du roi qui longe le fleuve Saint-Laurent ne suffisait plus à la circulation des véhicules de plus en plus nombreux et plus lourds. Une autoroute est venue lui extraire un autre tiers en 1958. Plusieurs fermes agricoles de la région ont dû céder place à l'urbanisation. Partout dans Antonin, le tracé des rues a morcelé tous les espaces disponibles. Plusieurs parcs et espaces verts étaient heureusement prévus et sont protégés à vie.

Les résidents d'Antonin chérissent leurs nombreux espaces verts et plusieurs ont choisi d'avoir un animal de compagnie. Au total c'est 382 chiens et 288 chats qui ont été répertoriés et médaillés. Comme dans plusieurs autres villes, un parc canin a été clôturé pour que les chiens puissent courir en liberté et socialiser sans menacer les passants. Les parcs de la ville avaient déjà un usage bien défini alors il a fallu chercher ailleurs.

C'est ainsi que le dernier tiers du Bois-D'Urfé est sorti de l'oubli. Le paysagiste de la ville est allé le visiter. Étonné par le grand nombre d'arbres âgés de plus de 300 ans, il les a répertoriés et il a suggéré de faire des sentiers pédestres permettant de venir les admirer. Puisque cet espace n'était pas revendiqué pour d'autres usages, le groupe canin se l'est vu attribué. Sa proximité de l'autoroute le rendait trop bruyant. Un mur antibruit y a été érigé avec un corridor de 10 mètres sur une longueur de 850 mètres où les chiens peuvent courir à volonté. Plusieurs résidents s'y donnent rendez-vous entre amis sur des bancs à l'ombre. D'autres parcourent les sentiers sinueux parmi les superbes arbres matures sur un parcours d'un kilomètre au joli Bois-D'Urfé.

Origine

Longtemps, j'ai été préoccupé par ma généalogie. Jamais assez pour y investir le temps de recherche ou les fonds nécessaires pour la faire produire. Mon neveu Jonathan lui, vient de le faire. Ce qu'il a découvert confirme la rusticité du vécu de nos ancêtres comparativement au nôtre.

Le jeune Mathieu Brunet a voulu voir le monde, comme moi. Issu d'une famille nombreuse vivant sur une petite ferme qui ne suffisait pas à nourrir toutes ces bouches gourmandes, il a préféré partir à l'aventure. Avec deux de ses amis, il s'est embarqué à La Rochelle en 1657, déterminé à s'établir en Nouvelle-France.

Ses deux amis ont trouvé du travail près de la ville de Québec alors que Mathieu, fasciné par ce nouvel univers, est parti le découvrir avec Marc Labonté, un coureur des bois. Vivant de pèche et de chasse, c'est par la vente de fourrures que Mathieu accumulait des fonds pour s'acheter une terre. Le hasard a voulu que lors de son passage au poste de traite de Trois-Rivières,

Jean De Montigny s'y trouvait pour annoncer la vente de sa terre en bois debout. Fermier de son état, il avait choisi de grossir son troupeau de vaches en vendant ce lopin de terre qui devait être défriché.

Les nouvelles vont vite surtout sur le perron de l'église après la grand-messe du dimanche. Marie Blanchard, une fille du roi, devait trouver mari au plus tard un an après son arrivée dans la colonie sous peine d'être rapatriée en France. Informée que Mathieu Brunet, ce nouvel arrivant voulait s'établir, elle l'a heureusement trouvé de son goût et leur mariage fut célébré sur le même perron un mois plus tard.

Ce récit n'a presque rien à voir avec la réalité. Les documents d'époque citant mariage, naissance, achat, vente ou décès confirment les noms, les dates, les lieux et les montants. Dommage que des écrits décrivant leur quotidien ne soient pas restés comme ils l'auraient pu. De toute façon, aucun de nous n'a de contrôle sur ses origines. Vaut mieux agir sur l'avenir, car chaque jour pointe plus vers une destinée qui, laissée à elle-même, se veut infuse.

Madeleine

Un jeudi ordinaire de juillet 2018 s'est joliment offert à son meilleur pour notre visite de la Maison Saint Gabriel. La robuste structure de pierre de cet édifice patrimonial et son entretien soutenu lui ont permis de survivre au rigoureux climat québécois depuis plus de 350 ans. Ce sont les religieuses de la congrégation Notre-Dame qui l'ont préservée tout ce temps et encore aujourd'hui.

Nous avions réservé deux mois d'avance pour le forfait repas et visite. Il fallait être à l'heure, car le repas chaud était préparé spécialement pour nous. À midi pile, Alex, notre hôtesse en costume de novice d'époque, nous a fait prendre place autour de la grande table du réfectoire, sur des chaises en babiche. Notre groupe de sept incluait : Robert, Pauline, Micheline, Christiane, Daniel, Sylvie et moi. Nous avons été surpris, mais heureux d'être les seuls convives à cette longue table qui aurait pu servir 32 personnes. Plutôt que de nous lire une épître comme le faisaient les religieuses, Alex nous décrit leur quotidien de l'époque pendant que nous dégustons une entrée de crêpes au sarrasin. La soupe-repas qu'elle nous a servie exactement comme autrefois, contenait une grande variété de légumes et de fines herbes de leur potager accompagnées de plusieurs morceaux de porc mariné. Le sucre à la crème de Sœur Madeleine nappait savoureusement un délicieux pain aux pommes comme dessert. Une infusion au 'Bouquet de la Métairie' a superbement aidé notre digestion par ses effluves de feuilles de verveine, de sauge, de thym et de menthe poivrée avec des fleurs de lavande.

La visite du potager a suivi pour nous garder éveillés après ce copieux repas. L'accueil se fait par cinq poules blanches et bien dodues, nous rappelant qu'autrefois, elles avaient été plusieurs centaines à fournir les œufs à toute la congrégation. La grande variété des fruits et légumes produits sur place illustre bien le niveau d'autosuffisance visé dès le début de cette ferme. Une exposition permanente dans la grange voisine nous donne plusieurs détails intéressants et leur boutique déborde de souvenirs fabriqués par des artisans locaux.

Enfin nous terminons notre périple historique dans la maison principale construite en 1698. Durant une heure, notre charmante guide en robe d'époque nous présente une multitude de meubles et accessoires savamment mis en valeur de la cave au grenier. D'une rare beauté, cachée dans un havre de paix oublié au fond d'un vieux quartier industriel de Montréal, son statut de monument historique la protège pour l'avenir. Depuis plus de 30 ans de dévouement, cet avenir est adroitement préparé par Sœur Madeleine.

Arboretum canin

Mine de rien, la tendance a progressé depuis maintenant 27 ans. Comme plusieurs, Marie promenait tous les matins, son superbe Harry, un costaud Labrador de cinq ans. Leur parcours matinal dans les rues tranquilles de Beaulieu se terminait toujours sur les berges du Lac Saint Louis. De plus en plus de résidents locaux ont pris l'habitude d'y venir aussi à la même heure avec leur chien. Ils ont invité des amis et créé un attroupement matinal très couru et agréable.

Quelques renégats sont venus gâcher leur joyeuse oasis. Souvent accompagnés de plusieurs gros chiens agressifs, ils venaient s'imposer et terroriser les autres usagers du lieu. Les policiers, appelés en renfort, avaient beau leur émettre des avertissements, les mêmes individus revenaient ou allaient en faire autant ailleurs. Afin de contenir ces gros chiens, devenus dangereux lorsque sans laisse, la municipalité a installé un enclos. Localisé dans un parc public, les gens de tout âge pouvaient enfin circuler en sécurité. Mais l'enclos des chiens en liberté était ouvert sur une large portion de berge d'où leur baignade était belle à observer. Certains nageaient si bien qu'ils revenaient à terre beaucoup plus loin, hors de l'enclos ou pire, sur une propriété privée voisine. Les petits chiens de ce riche riverain ont failli être dévorés par des monstres canins sortis du lac.

Marie, qui était la fière instigatrice de ces attroupements canins, avait su se faire élire à la mairie. Son groupe lui vouait une dévotion soutenue et faisait augmenter sa notoriété chez tous les citoyens. Déchirée entre son intention de protéger son paradis canin et le risque grandissant d'un accident grave, elle a dû tout de même agir. De plus, la qualité de l'eau du lac s'était beaucoup améliorée depuis dix ans, assez pour y permettre la baignade. Ce parc riverain avec son immense terrain plat et gazonné était le plus approprié pour la baignade des citoyens. Heureusement, un autre espace riverain permettait d'y situer le parc à chien, encore avec accès pour la baignade. Ce site est en aval de l'autre parc, alors les chiens ne risquaient pas de dégrader la qualité de l'eau de baignade des familles.

La démarche de recherche d'un terrain alternatif a aussi permis de proposer des sentiers forestiers dans un des rares boisés de la ville, très appréciés par grands vents et en hiver. Tous y ont trouvé satisfaction avec le parc familial nautique, le parc canin nautique et le magnifique arboretum canin de Beaulieu.

Bertold vers Joachim

Le clocher de l'église Saint-Joachim de Pointe-Claire était bien en vue au sortir de la baie. Ballotté allègrement par les vagues au gré du courant et le vent dans le dos, je filais à vive allure. C'était trop facile. J'aurais dû m'en méfier!

Selon la carte consultée hier sur Google Earth, le clocher se trouvait à 8 km de mon point de départ. Mon vélo flottant de type Surf Bike peut franchir 10 km/h. Ma destination semblait atteignable en moins d'une heure, car j'avançais rapidement sans effort important. Les vagues de 30 cm me permettaient de surfer sur leur crête à plusieurs reprises. Mais je devais prendre garde à leur intervalle irrégulier. Si je glissais trop vite sur la vague qui me portait, le nez de ma planche allait s'enfoncer sous la vague devant moi et son ressac pouvait m'aspirer vers le fond.

Les prévisions météo de ce matin ne prévoyaient pas de pluie pour les trois prochains jours. Le ciel couvert était le bienvenu. La température de 25^0C aurait été bien plus élevée et insoutenable sous un soleil ardent. Le vent était à peine perceptible au départ de la maison. J'habite à 800 mètres du lac et la petite brise était bien agréable pour ma marche à côté du Surf Bike. Dans mon garage, je le place sur un petit chariot à deux roues et je le tire jusqu'au lac. Une fois le chariot enchainé et cadenassé autour d'un arbre, je prends mon Surf Bike sous le bras et je descends la berge jusqu'à ce que j'aie de l'eau jusqu'aux genoux. Cette profondeur m'assure que le gouvernail et l'hélice ne toucheront pas le fond. Je monte sur la planche et j'avance dès que je pédale, comme sur un vélo de route.

Le vent du large était plus prononcé, mais régulier alors que j'avais déjà parcouru la moitié du voyage. Étrangement, aucun voilier ni bateau ne se pointait à l'horizon. Tous étaient bien amarrés dans une baie ou dans les marinas que je passais. Avec un si bon vent, un jeudi matin à 10 heures, le 3 août, le lac aurait dû être parsemé de voiliers. Cette désertion nautique m'intriguait. Il devait bien y avoir d'autres retraités ou travailleurs en congé pouvant profiter comme moi de cette superbe journée. Savaient-ils quelque chose que j'ignorais?

Porté par ma mission, je progressais en confirmant que cette trajectoire était effectivement idéale. Puisque la qualité de l'eau du lac était maintenant presque toujours excellente pour la baignade, j'ai pensé créer un événement et promouvoir cette nouvelle. J'ai contacté les clubs de nageurs des villes aux deux bouts du parcours. Cette ligne droite entre nos deux villes est la plupart du temps libre de bateaux. La profondeur près des berges est très irrégulière. Les bateaux vont vers le large par des chenaux bien définis afin d'éviter les dommages en s'abimant sur le fond. Comme prévu, je pouvais confirmer que les nageurs pourraient s'entraîner et compétitioner sans danger sur ce tracé de 8 km pourvu que des kayaks ou autres petites embarcations pussent manifester leur présence aux plaisanciers nautiques.

Il semble que mon allure était moins rapide que je l'estimais, car, une heure après mon départ, il me restait environ deux kilomètres à franchir. Assoiffé, j'ai décidé de m'arrêter pour boire et me reposer. Assis sur ma planche flottante et buvant goulûment à ma gourde, je ballottais dans tous les sens tel un bouchon de liège. Après quelques minutes de répit, j'ai réussi à me mettre debout, mais difficilement à le rester. Les vagues me frappaient de côté et mon seul moyen de me placer autrement c'était de pédaler. Aussitôt que je me suis soulevé sur le pédalier, une bourrasque s'est associée à une grosse vague pour me faire chavirer. Mon chapeau est parti dans une direction et mon embarcation dans l'autre. J'ai eu le réflexe de laisser aller mon chapeau préférant retourner à ma planche de salut, oubliant que mon gilet de sauvetage me maintenait très bien à flot.

À bout de souffle et anxieux, je suis resté accroché au Surf Bike renversé pour me calmer. J'ai réussi à le basculer et le remettre d'aplomb pour lentement me glisser à bord. Malgré toute ma concentration, ma nouvelle tentative de départ s'est terminée comme la première. J'étais découragé par ces deux échecs successifs, car je n'avais chaviré que très rarement depuis les vingt ans que je navigue ainsi. Alors que je m'inquiétais de ma fâcheuse situation sur ce lac désert, un zodiac est apparu venant vers moi. Croyant d'abord à un mirage, j'ai dû répondre à celui qui m'offrait de l'aide. Surmontant mon orgueil, j'admis que je souhaitais me faire remorquer. Louis-Philippe est instructeur de voile au Club de Voile de Beaconsfield. Il préparait ses étudiants pour une sortie au large lorsqu'il m'a aperçu. En peu de temps il m'a hissé à bord de son bateau et m'a laissé aux abords d'un quai de son club. Son escadron de dériveurs est passé devant moi pendant que je me reposais un peu. Il n'était que onze heures et j'étais encore assez en forme pour retourner par le même chemin. Le départ de la marina en eau calme a confirmé que rien n'était brisé et que je pouvais à nouveau voguer gaiement.

Plus je m'éloignais de la marina et des berges, plus le vent de face augmentait en vigueur. Des bourrasques de 50 km/h et des vagues de 80 cm combinées au courant contraire à ma direction, rendaient ma progression très lente. J'ai compris que je ne pourrais pas retourner à mon point de départ, encore à six kilomètres plus loin, tout en luttant contre les éléments. En changeant de cap, je risquais de chavirer à nouveau. Lentement, j'ai réussi à me diriger vers le nord-ouest et atteindre une autre marina en amont. Une fois le Surf Bike sorti de l'eau, tout en reposant mes jambes endolories, j'ai réussi à joindre mon épouse par téléphone et la supplier de venir me chercher avec notre voiture avant son rendez-vous prévu chez le coiffeur. J'ai eu droit à des reproches bien mérités pour avoir été si téméraire. Je déplore la perte de mon chapeau de type safari, mais je suis conscient de la chance que j'ai eue de m'en tirer sans dommages ni blessures. Ce parcours demeure idéal pour de bons nageurs, mais la météo devra être mieux respectée par des participants bien entourés et non pas seuls, comme j'ai commis l'erreur de l'être.

Aveline

Du haut de ses deux ans, Aveline avait déjà beaucoup voyagé. Née à Saskatoon, un an plus tard elle se retrouve à Guelph. Jetset en devenir, elle a même récemment séjourné en Irlande, à Halifax et à Pointe-Claire.

Le doctorat de son père a causé plusieurs de ces déplacements. Sa mère, loin d'être en reste, trouvait du travail près de chaque ville devenue domicile. La compétence de Nicolas en gestion de l'environnement l'amenait à voyager fréquemment. Mais sa fille Aveline et son épouse Hilary venaient le rejoindre dès que son mandat durait plus que quelques semaines. Ses aptitudes remarquables en marketing lui permettaient de trouver du travail à proximité de chaque ville où ils ont élu domicile.

Les deux frères du défunt père de Nicolas venaient en visite à Guelph pour quelques jours. En apercevant ces deux grands messieurs, Aveline a pris un air mi-figue, mi-raisin. Ne sachant si elle devait craindre ou se réjouir de leur arrivée, les sourires de tous l'ont rapidement confortée. Vite devenus ses nouveaux camarades de jeux, heureusement qu'ils étaient deux pour se partager son entrain. Un jeu n'attendait pas l'autre et chacun d'eux peinait à maintenir son rythme.

Située dans un quartier tranquille en banlieue de Guelph, leur résidence date de 1906 et a beaucoup de cachet. Des arbres matures tempèrent de leur ombre un coin du jardin où il fait bon malgré les 30^0C sous le soleil. Tout en jouant avec Aveline, on se met à jour sur les nouvelles de la famille en sirotant un Spritzer. Puis, question de nous faire visiter sa région, Nicolas nous conduit dans la superbe ville de Elora. Plusieurs édifices patrimoniaux datent de 1700 et y attirent un grand nombre de visiteurs. De sa poussette fièrement dirigée par son grand-oncle, Aveline s'émerveille de tout ce mouvement et semble très impressionnée par les cortèges de grosses motos pétaradantes. Mais c'est de retour à la maison, dans son jardin ombragé que nous tous sommes le mieux. Nous peaufinons nos projets d'avenir en retournant sans relâche le ballon à la belle Aveline au rire si agréable.

Bourlingue

Pour nous changer les idées, nous aimons partir pour partir. Notre petite vie est bien agréable et confortable alors, elle requiert un peu de recul pour que nous en percevions sa pleine valeur.

Aller à l'autre bout du monde n'est pas essentiel. À preuve, les fois où nous y sommes allés, notre dépaysement était distrayant, mais relativement semblable à ce qu'il aurait pu être moins loin. Depuis que nous avons fait ce constat, nos escapades sont plus fréquentes et libres de tout désagrément.

Par chance, nous vivons à l'intérieur d'un immense continent. D'assez bonnes routes peuvent nous mener à une grande variété de destinations, sur 360 degrés autour de nous, en voiture ou autrement. Notre auto de type familiale est confortable même pour cinq adultes avec quelques bagages. C'est en cette agréable compagnie que nous aimons partir à l'aventure. Ne reste qu'à décider où et quand y aller.

Le hasard d'une simple conversation est souvent à l'origine d'un nouveau projet. Cette fois-ci fut lancée par la guilde des dentelières. Une amie de Mimi lui a dit que cette année, leurs plus belles œuvres sont exposées au Domaine Joly De Lotbinière. Mon épouse et moi gardions le souvenir d'avoir vu trop brièvement ce bel endroit il y a vingt ans. C'était lors d'un voyage à vélo de Beloeil à Rivière-du-Loup. La chance de le revoir pleinement nous a décidés à partir.

Par un beau mardi matin d'octobre, Robert, Pauline, Mimi, Sylvie et moi sommes partis de Longueuil. Nous avons longé le fleuve en cheminant lentement d'un clocher d'église à l'autre. Ainsi nous avons traversé un chapelet de jolies villes comme Varennes, Verchères, Sorel, Nicolet, mais c'est au Café de Bibi à Bécancour que nous avons réservé pour midi. Le menu santé de Bibi nous a vite rassasiés. Mais c'est la visite de ma cousine Madeleine Sauriol qui nous a charmés. Elle habite tout près à Sainte-Gertrude et, pour souligner notre quarantième anniversaire de mariage, elle est venue nous chanter a capella une superbe chanson d'amour. Ses récits au sujet de la région et du Festival de la Poésie de Trois-Rivières qu'elle fréquente assidûment depuis une dizaine d'années nous ont tous intéressés. Elle a notamment gagné, pour une cinquième fois depuis 2012, un des Prix de Poésie pour les aînés. On peut toujours lire les textes des dix gagnants de l'année en cours sur le site du « fiptr.com »

C'était par la magie de Google que j'avais choisi le Café de Bibi pour le lunch. J'y avais aussi cherché un gite et l'Auberge de Lotbinière semblait incontournable. Nous avons réservé trois de ses quatre chambres pour deux nuitées. Daniel notre hôte nous a cuisiné nos repas du soir, à quatre services, de main de maître. Les petits déjeuners santé, aussi servis dans la superbe salle à manger, ont bien lancé nos matins. La pluie menaçait, mais elle ne nous a pas empêchés de bien fouiner dans tous les recoins des jardins du Domaine Joly et même d'explorer la petite plage sur le magnifique fleuve Saint-Laurent. Nos souliers s'y enfonçaient dans un superbe tapis noir, luisant et moelleux, constitué de petits galets d'ardoise finement broyés par les vagues.

La visite de l'immense résidence d'été de la famille Joly s'est révélée très intéressante. Nous avons eu le privilège d'y être guidés par Madeleine Lemay, une résidente de Lotbinière qui le fait bénévolement et passionnément. Elle-même dentelière, c'est fièrement qu'elle nous a montré son ruban de dentelle. Avec beaucoup de dextérité, elle croise une vingtaine de longues et fines bobines d'où elle déroule une minuscule ficelle qu'elle épingle adroitement sur un coussin suivant son choix de motifs. Aucun autre visiteur n'est venu interrompre notre guide. Sans doute heureuse de ne pas être seule à faire le guet par cette journée d'une triste allure, nous sommes restés à l'écouter nous raconter l'histoire des gens de ce beau coin de pays.

En ce pluvieux début d'octobre, plusieurs autres sites touristiques sont fermés. Qu'à cela ne tienne, Mimi a eu la bonne idée de nous mener chez Cécile à Sainte-Croix-De-Lotbinière. Cette amie d'une amie a planté des pommiers il y a quinze ans avec son mari. Leur superbe verger de cinq cents pommiers est bordé par une falaise qui surplombe le fleuve. Leurs pommes sont gorgées de ce superbe panorama et nous le rendent bien à l'allure et au goût. Cécile semblait heureuse de notre visite impromptue dont nous garderons un agréable souvenir.

Une forte pluie a bourrassé toute notre dernière nuit à l'auberge qui heureusement nous a gardés bien au sec. C'est malheureusement sous la pluie que nous avons quitté Lotbinière. Malgré ce temps maussade, Mimi nous a suggéré une nouvelle visite surprise. En passant par Sainte-Angèle-de-Bécancour, elle nous a guidés chez Mavia. Cette charmante et jolie dame a ouvert sa boutique juste pour nous. Avec son mari architecte, elle a fait bon usage de ses talents de décoratrice pour acquérir et rénover le couvent des sœurs de l'Assomption. Ils venaient tout juste de terminer une année complète de grosses rénovations de ce superbe bâtiment patrimonial de quatre étages. Nous avons acheté seulement quelques articles par manque d'espace, mais tout y était superbe et de bon goût. Par son récit intéressant des origines de cet édifice remarquable, elle a meublé notre conversation tout le long de notre chemin de retour d'une autre très mémorable bourlingue.

Merci pour les critiques et le soutien de :

Sylvie Lussier
Andrée Duchesneau
Jonathan Brunet
Micheline Lussier
Madeleine Sauriol
Carole Hébert

AGRÉMENTÉ

Épilogue

Écrire des histoires est pour moi si libérateur que ma plume ne saurait plus s'en passer. Par chance, je croise souvent des gens merveilleux qui m'inspirent. Leur vécu, quelque peu agrémenté, devient captivant. La beauté est partout autour de nous et n'a besoin que d'un peu d'aide pour attirer notre attention. J'ai l'impression que je suis en mission pour emmieuter le quotidien.

Puisque la réalité nous prouve tous les jours qu'elle dépasse la fiction, alors pourquoi ne pas améliorer le réel dans un récit agrémenté?

Par choix, mes récits se lisent en quelques minutes. De cette façon, ils peuvent vous distraire malgré votre horaire chargé. Plusieurs les apprécient pour oublier un cauchemar et retrouver le sommeil en souriant. Peut-être qu'un jour j'écrirai un roman plus long, mais pour le moment, j'adore la liberté et le défi du conte court. Mon idée se doit d'être concise, intrigante et réaliste. La conclusion que j'offre au bas d'une page ou deux laisse volontairement le lecteur sur son appétit. Comme face à un tableau peignant une scène ou un paysage, le lecteur a le loisir d'aller où bon lui semble pour finir d'agrémenter mon récit.

AGRÉMENTÉ

Liste alphabétique des contes

AGRÉMENTÉ

www.ingramcontent.com/pod-product-compliance
Lightning Source LLC
LaVergne TN
LVHW091045170726
843494LV00001B/68